倪匡奇情作品集

木蘭花傳奇 9

替身

（含：幻毒、替身）

倪匡 著

目錄

幻毒

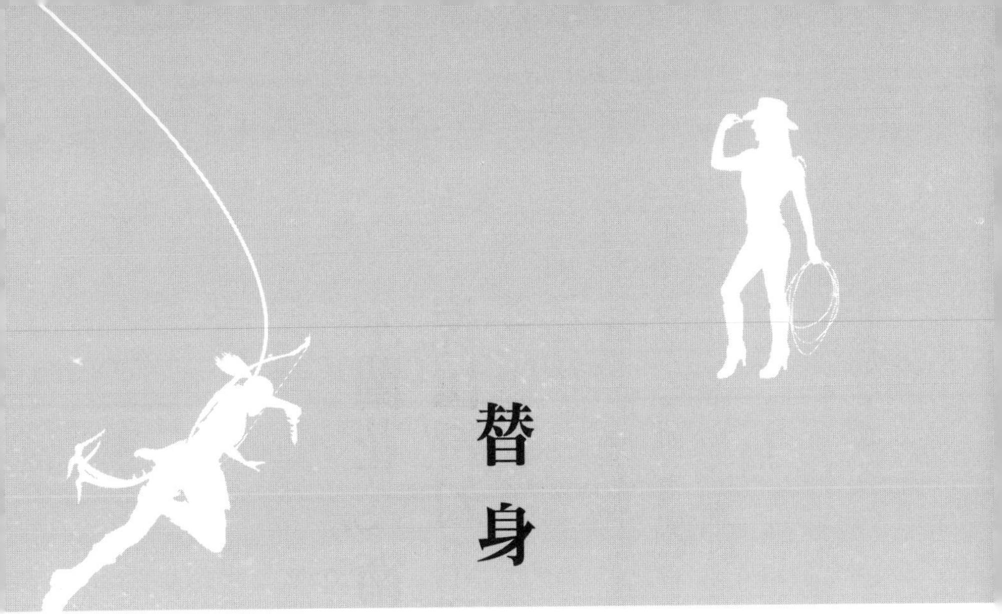

替身

【總序】

木蘭花VS.衛斯理——倪匡奇幻系列的兩大巔峰

秦懷玉

對所有的倪匡小說迷來說，《衛斯理傳奇》無疑是他最成功、也最膾炙人口的作品了，然而，卻鮮有讀者知道，早在《衛斯理傳奇》之前，倪匡就已經創造了一個以女性為主角的系列奇情故事，甫出版即造成大轟動，《木蘭花傳奇》遂成為倪匡眾多著作中最具特色與最受讀者喜愛的兩大系列之一；只因衛斯理的魅力太過強大，使得《木蘭花傳奇》的光芒被掩蓋，長此以往被讀者忽視的情形下，漸漸成了遺珠。

有鑑於此，時值倪匡仙逝週年之際，本社特別重新揭刊此一系列，希望藉由新的編排與介紹，使喜愛倪匡的讀者也能好好認識她。

《木蘭花傳奇》是倪匡以筆名「魏力」所寫的動作小說系列。原載於香港新報及《武俠世界》雜誌，內容主要是以黑女俠木蘭花、堂妹穆秀珍及花花公子高翔三人所組成的「東方三俠」為主體，專門對抗惡人及神秘組織，他們先後打敗了號稱「世界上最危險的犯罪集團」的黑龍黨、超人集團、紅衫俱樂部、赤魔團、暗殺黨、黑手黨、血影掌，及暹羅鬥魚貝泰主持的犯罪組織等等，更曾和各國特務周旋、鬥法。

如果說衛斯理是世界上遇過最多奇事的人，那麼打擊犯罪集團次數最高的，即非東方三俠莫屬了。書中主角木蘭花是個兼具美貌與頭腦的現代奇女子，在柔道和空手道上有著極高的造詣，正義感十足，她的生活多采多姿，充滿了各類型的挑戰；她的最佳搭檔：堂妹穆秀珍，則是潛泳高手，亦好打抱不平，兩人一搭一唱，配合無間，一同冒險犯難；再加上英俊瀟灑，堪稱是神隊友的高翔，三人出生入死，破獲無數連各國警界都頭痛不已的大案。

若是以衛斯理打敗黑手黨及胡克黨就得到國際刑警的特殊證明文件的標準來看，木蘭花在國際刑警的地位，其實應該更高。

相較於《衛斯理傳奇》，《木蘭花傳奇》是入世的，在滾滾紅塵中演出令人目眩神搖的傳奇事蹟。衛斯理的日常儼然是跟外星人打交道，遊走於地球和外太空之間，事蹟總是跟外星人脫不了干係；木蘭花則是繞著全世界的黑幫罪犯跑，哪裡有犯罪者，哪裡就有她的身影！可說是地球上所有犯罪者的剋星！

而《木蘭花傳奇》中所啟用的各種道具，例如死光錶、隱形人等等，一如倪匡慣有的風格，皆是最先進的高科技產物，令讀者看得目不暇給，更不得不佩服倪匡驚人的想像力。

尤其，木蘭花等人的足跡遍及天下，包括南美利馬高原、喜馬拉雅山冰川、北極、海底古城、獵頭族居住的原始森林、神秘的達華拉宮及偏遠隱密的蠻荒地區等，讀者彷彿也隨著木蘭花去各處探險一般，緊張又刺激。

《衛斯理傳奇》與《木蘭花傳奇》兩系列由於歷年來深受讀者喜愛，書中主要角色逐漸由個人發展為「家族」型態，分枝關係的人物圖越顯豐富，好比《衛斯理傳奇》中的白素、溫寶裕、白老大、胡說等人，或是《木蘭花傳奇》中的「天使俠女」安妮和雲四風、雲五風等。倪匡曾經說過他塑造的十個最喜歡的小說人物，有三個在木蘭花系列中。白素和木蘭花更成為倪匡筆下最經典傳奇的兩位女主角。

在當年放眼皆是以男性為主流的奇情冒險故事中，倪匡的《木蘭花傳奇》可謂是開創了另一番令人耳目一新的寫作風貌，打破過去女性只能擔任花瓶角色的傳統窠臼，以及美女永遠是「波大無腦」的刻板印象，完美塑造了一個女版〇〇七的形象。猶如時下好萊塢電影「神力女超人」、「黑寡婦」等漫威女英雄般，女性不再是荏弱無助的男人附庸，反而更能以其細膩的觀察力及敏銳的第六感，來解決各種棘手的難題，也再一次印證了倪匡與眾不同的眼光與新潮先進的思想，實非常人所能及。

《女黑俠木蘭花傳奇》共有六十個精彩的冒險故事，也是倪匡作品中數量第二多的系列。每本內容皆是獨立的單元，但又前後互有呼應，為了讓讀者能更方便快速地欣賞，新策畫的《木蘭花傳奇》每本皆包含兩個故事，共三十本刊完。讀者必定能從書中感受到東方三俠的聰明機智與出神入化的神奇經歷，從而膾炙人口，成為讀者心目中華人世界無人能敵的女俠英雌。

幻毒

1 不祥預感

春寒料峭，在濃霧之下，寒冷更像是一絲絲的濃霧一樣，直鑽入人的毛孔之內，使得每一個人都不由自主地縮起了身子，抵抗著寒冷。

高翔下了車，就是這樣縮著頭走向電梯的，直到進了電梯之後，他才略直了直身子，這時是清晨四時，更是冷得使人相當難忍。

電梯在他住的那一層停了下來，他取出了鑰匙，還未曾打開門，便聽得屋中的電話鈴一陣一陣地響著，高翔在門外略呆了一呆，翻起手腕來看了看手錶，的確是凌晨四點，是什麼人會在這樣的時候打電話給他呢？他急急地衝了進去。

可是，當他奔到了電話旁邊時，電話鈴卻已不響了。

高翔聳了聳肩，天氣是如此之寒冷，而且，他因為處理公務而到了凌晨四時才回家，他已覺得十分疲倦，不準備再多浪費時間了！

他鬆開了領帶，一面已推開了臥室的門。

可是就在這時，電話鈴又響了起來！

11 替身

高翔無可奈何地轉過身去，拿起了聽筒，他根本不必將聽筒湊到耳邊去，便聽到了穆秀珍的聲音：「高翔，你睡得好死啊！」

「小姐，」高翔苦笑了一下，「現在是凌晨四時，天氣又那麼冷，我就算睡得死，也是情有可原的，何況我也不是在睡，我剛從辦公室回來。」

「不管你在幹什麼，你快來，快來，快來。」

穆秀珍一連說了三聲「快來」，她的聲音又極其焦急，這證明她的確有十分要緊的事情，高翔陡地一呆，道：「蘭花呢？」

高翔這樣問的意思很簡單，因為穆秀珍若是有什麼著急而難以解決的事情，當然是應該先向木蘭花求助，然後才會想到他的。

可是穆秀珍卻打電話給他，那麼木蘭花呢？

電話那邊，穆秀珍突然不出聲了。

高翔只覺得心向下一沉，陡然之間，他感到有什麼不尋常的事發生了，他連忙叫道：「秀珍，你怎麼啦，我問你，蘭花呢？」

高翔連聲在問著，可是他卻得不到回答，那邊的穆秀珍不知道為什麼在保持著沉默，接著，高翔又聽得穆秀珍突然大哭起來！

同時，又傳來了「啪」地一聲響，那顯然是穆秀珍跌下了電話聽筒時所發出的聲音。

高翔大叫：「秀珍，秀珍，什麼事？」

他只聽得穆秀珍含糊地邊哭邊說道：「你快來吧！」

「你在哪裡？」

「我……在家裡。」

高翔呆了一呆，放下了聽筒，又衝了出去，不到一分鐘，他又在寒冷的濃霧之中縮著身子，鑽進了車子，向著木蘭花的住處疾馳而去。

一路上，高翔問了自己千百次：什麼事，究竟是發生了什麼事？為什麼穆秀珍電話打了一半，便會失聲哭了起來，為什麼她不先和木蘭花商量，難道是木蘭花有了什麼意外？

高翔一想到這裡，更覺得寒霧像箭一樣地射進車窗，向他襲來！

他也自然而然地想起，自從木蘭花奪回了那件「電光衣」之後，已經有七天了，在這七天之中，木蘭花的行動的確十分反常。

她曾一連幾次主動地約他出遊，而且，在夜總會中，她又破例地在飲著烈酒，木蘭花在這幾天中表現著對他過分的親熱。

這種親熱，本來是高翔夢寐以求的，但是由於來得太突然了，所以不免使高

13 替身

翔的心中戚戚不安，唯恐它又會失去，所以，在這幾天中，高翔特別注意木蘭花的神態，他發現好幾次，木蘭花在大笑之時，她的眼中卻孕含著淚花。

高翔看出木蘭花的心中像是有著極大的隱憂，他不是沒有問過，但是他每一次的詢問，卻都被木蘭花支吾了開去。

高翔未曾追根究底的原因，是因為木蘭花的聰明才智都在他自己之上，他想到，木蘭花如果真的有什麼極之為難的事情，自己也是幫不了什麼忙的，所以他好幾次半途而廢，沒有再問下去，而他也實在是想不出木蘭花究竟是為什麼才這樣的！如今，穆秀珍凌晨的電話，證明已有事故發生了。

是什麼事故？是什麼意外？

高翔將車子開得飛快，在車頭燈的照耀範圍之間，濃霧奇詭地翻滾著，但是高翔心中的思潮起伏，卻遠在濃霧的霧花翻滾之上！

終於，他的車子發出了一下難聽的剎車聲，在木蘭花住所面前停了下來，他猛地推開了車門，跳了下去，叫道：「秀珍！」

他看到穆秀珍衝了出來，高翔翻過了鐵門，迎了上去，穆秀珍披著頭髮，穿著淺藍色的長睡袍，在向前奔來之際，風姿綽約，十分美麗。

但是這時，高翔卻無暇去欣賞穆秀珍的美麗，因為穆秀珍是一面在哭著的，他們兩人迅即接近，穆秀珍伏在高翔的胸前，叫道：「高翔！」

高翔連忙扶住了她的身子，安慰她道：「別哭，秀珍，別哭，哭是不能解決問題的，只有你一個人在家麼，蘭花呢？」

穆秀珍伏在高翔的胸前，她哭得更加傷心了，她抽抽噎噎地邊哭邊道：「蘭花姐，她……死……了！」

高翔的身子陡地搖晃了起來，在他身邊的大霧像是海洋，而他的身子，則成了海洋中的一葉扁舟，他幾乎站立不穩了。

木蘭花死了？這有可能麼？不，一定是胡說！

他大聲地斥道：「胡說！」

穆秀珍又嚶嚶地痛哭了起來，說道：「不是胡說！」

高翔勉力鎮定著心神，推著穆秀珍，向屋中走去，道：「究竟是怎麼一回事，你必須向我仔細說，可就是不准你——」

他本來是想說「不准你胡說」，但是他「胡說」兩個字還未曾講出口來，便已住了口，因為到了屋中，他看到穆秀珍的表情。

穆秀珍的一雙眼睛又紅又腫，淚水還在不斷地滾滾翻了下來，她的臉色是如此之蒼白，那是一種充滿了絕望的蒼白。

15 替身

高翔的心頭也怦怦亂跳了起來！

他將穆秀珍按下，令她坐在沙發上，同時，抬頭向樓梯看了一看，在那一剎間，他希望會有奇蹟出現，希望木蘭花從樓梯走下來！

可是，樓梯上卻是冷清清的！

高翔來這所屋子不止一次了，他每一次來，不論是歡樂還是焦慮，氣氛總是十分熱鬧的，像如今這樣，忽然有了冷清之感，那還是第一次！

高翔突然覺得有一種極不祥的預感！

他轉過頭來，望著穆秀珍，穆秀珍不斷地哭著，這更令得高翔六神無主，心亂如麻，他長長地吸了一口氣，叫道：「秀珍！」

他才叫了一聲，電話鈴突然響了。

穆秀珍聽到電話鈴響，她的反應是十分異特的，她陡地跳了起來，但是又陡地伏了下來，用沙發墊子裹住了她的頭，像是電話鈴一響，便會有什麼妖魔從電話中跳出來一樣，她感到害怕，所以她才將自己埋在沙發墊子之中！

高翔的心中更是疑惑，他踏前一步，拿起了電話。

「木蘭花小姐麼？是你最後三天了，我們每二十四小時內，將會提醒你兩次，上一次是三時，這一次是四時半，再下一次，則是明天凌晨三時，你不會嫌這樣子的通知會使你睡眠不足的，是不是？據我們想，你大概也無法睡得著的了！」

高翔只是拿起了電話，還未曾開口，可是對方在剎那間已說了一大串話，而這一大串話，高翔聽來，都是莫名其妙的！

他怔了一怔，厲聲道：「什麼人！」

「噢，」那邊的聲音道：「抱歉得很，原來不是蘭花小姐，讓我來猜一猜，在這個時候還在蘭花小姐屋中的男子是誰——」

「你是什麼人？」高翔再問。

那邊的人顯然不想理會高翔的責問，只是「唔」了一會兒，才道：「你一定是高翔先生了，東方三俠之一，是不是？很高興能和你通話。」

「你是誰？」高翔第三次問。

「我是才到貴市的一個外國人，高先生，我之所以來到貴市，是因為我們機構在貴市的負責人上了蘭花小姐的當，而在工作上犯了大錯，我是暫時來替代他的，而且負責每天來提醒蘭花小姐，她的生命，已經快要到盡頭了！」

「我不明白你的意思！」高翔心知事有蹊蹺，是以儘管對方那種軟皮蛇似的口氣令得他十分冒火，但是他仍然竭力壓抑著。

17 替身

「你不明白？你的意思是，木蘭花小姐未曾向你提起過她自己的處境？」

「是的。」

「偉大，木蘭花不愧是偉大的女黑俠，她自己的處境如此之慘，但是她卻在她親近的人面前隱瞞著這些，不要別人分擔她的痛苦，太偉大了……」

高翔不等那人講完，便咆哮道：「究竟怎麼一回事，你快照實說！」

「好的，我用最簡單的方法來告訴你，從木蘭花得到電光衣開始，她的生命就只有十天，如今過去了七天，她的生命只有剩三天了！」

木蘭花只有三天好活了？不，這是開玩笑，這一定是開玩笑，高翔想用大笑來回答對方的話，但是他下意識地覺得那又不像是開玩笑，他張大了口，笑不出聲來，同時，他的身子也不由自主地發起抖來，他甚至握不住電話的聽筒。

「你明白一些了，是不是？」那邊的聲音繼續著，「她欺騙我們，說她可以幫助我們將電光衣運出本市去，我們的人相信了她，將電光衣交給了她，但是我們的人也不是飯桶，我們要木蘭花吃下一枚毒藥，吃下之後，毒藥便會附在胃壁上，經過二百四十小時之後，毒藥外層的膠質便會被胃酸侵破而毒性發作，她在一小時之內就性命難保了。」

「嘿嘿嘿！」高翔勉力冷笑了三聲。

「很好笑，是麼？」對方問道。

「如果我是你，我就不覺得好笑，高翔先生，除了我們特製的瀉劑，可以使毒藥離開她的胃部之外，絕沒有別的辦法可想，你不介意請她來聽聽電話麼？」

高翔再一次地向樓梯上看了一看，木蘭花不在家中，那再明顯沒有了，他道：「她不在。」

「那麼，我會再打電話來。」

高翔怪叫道：「喂，喂！」可是那邊卻已「卡」地一聲收了線，高翔呆若木雞地站了一會，才叫道：「秀珍！」

這時候，穆秀珍也已慢慢地從沙發上站了起來，她失神落魄地問道：「──那個人已向你將事情說得清清楚楚了，是麼？」

高翔道：「是──」

穆秀珍作了一個手勢，阻止了高翔的話頭，同時，她以一種極度疲乏的聲音道：「上一個電話，三點鐘那個，是我接的。」

「秀珍，你相信那個人的話？」

「我？我沒有理由不相信。」

「為什麼？」

「這幾天，幾乎每天晚上都有電話來找蘭花姐，蘭花姐不許我去接聽，而她每次聽到電話後，神色總是極其難看。今天，我聽到電話鈴響，本來也不去接聽的，但是電話鈴卻不斷地響著，我睜開眼，著亮了燈，才知道蘭花姐不在了！」

穆秀珍才講到這裡，淚水又如泉也似地湧了出來。

「我心中十分奇怪，」穆秀珍繼續說著：「我取起了電話，一個男人告訴我，蘭花姐服了一種毒藥，以此換到電光衣，她……她……」

穆秀珍放聲大哭了起來，再也難以講下去了。

高翔知道，穆秀珍接到的電話，一定和自己剛才接到的電話是一樣的，他忙道：「秀珍，又怎知不是有人知道蘭花離開了住所，特地來嚇你的？」

「不，高翔，我和蘭花姐像是親姐妹一樣，我想不單是我，你也一定覺出她這幾天來神情、舉止都大大異乎尋常的了。」

「那也不足以證明她的生命已到了盡頭。」

穆秀珍的淚下得更急，她的手抖著，從睡袍的口袋中取出了一張紙來，那是一張信紙，已被穆秀珍揉得十分皺了，但上面的字跡則還十分清晰。

穆秀珍將紙遞到了高翔的面前，道：「你看，這……這是蘭花姐放在我枕頭邊上的，這是她……留下來給我，她……就這樣去了。」

高翔一伸手，將那封信搶了過來。

那是木蘭花的字跡，高翔一眼就可以肯定，毫無疑問，那是木蘭花的字跡，只不過顯得有點潦草而已，信是寫給穆秀珍的。

「秀珍：本來我想等到最後一天才走的，但是我覺得難以忍受了，我為什麼要走，你一定可以立即知道的，秀珍，我們永別了，你要堅強地活下去，告訴高翔，他是一個好人，請他不要難過，我實在是不想離開你們的，但是卻不得不離開了。」

信是如此的簡單，但是寫在信紙上的每一個字，卻都像是一柄利鑽一樣，在鑽蝕著高翔的心，高翔絕不是一個娘娘腔的人，可是這時，他只覺得自己的一顆心向下沉，向下沉，他的鼻端一陣陣的發酸，他的雙眼之中已是充滿了淚水，使他的視線變得模糊。

接著，他的淚水大顆大顆地落了下來，落在紙上，發出輕微的啪啪聲。

英雄有淚不輕彈，只因未到傷心處！看到了木蘭花的這封信，高翔實在是掩不住心頭的傷心了，他只是呆呆地站著，不住地淌著淚、一切全都證實了！

那個怪電話中所說的一切，全是事實！木蘭花為了取回電光衣，付出了如此高的代價，那代價，便是她寶貴的生命！

也不知呆立了多久，高翔只覺得他的身子在不由自主地一陣又一陣地抽搐著，他嘴唇發燙，像是要裂了開來一樣！

他開始出聲了，只見他喃喃地叫著：「蘭花，蘭花！」

又過了不知多久，他才向後一跌，坐倒在沙發上。

而這時候，電話鈴又響了起來。高翔和穆秀珍兩人同時抬起頭來。

當他們一抬起頭來之際，由於兩人全都淚眼模糊的緣故，他們幾乎看不到對方，但他們同時失聲道：「又是那人！」

高翔的心中也立時一動，他連忙道：「秀珍，我們別再難過了，蘭花也不會立即有性命之憂的，還有三天，別忘記，還有三天！」

「三天，又有什麼用？」

「我們來盡一切可能想辦法！」高翔堅定地回答著，拿起了電話聽筒，發出了「喂」地一聲，聲音也是十分堅定的。

「仍然是高翔先生？」

「仍然是你？」高翔反問。

「是我，蘭花小姐呢？」

「蘭花小姐不願意接聽你的電話。」

「那對她來說，是極大的損失。」

高翔的心中陡地一動，道：「她不是只有三天生命了麼？一個只有三天生命的人，還在乎什麼損失呢？」

「哈哈，從這裡到P城，是不用三天的啊。」

高翔怔了一怔，他不明白對方這樣說是什麼意思。

那人又道：「你不會明白的，高先生，請她來聽電話，她自然會明白我說的話是什麼意思的，你不必在這件事中打岔！」

請蘭花小姐來聽電話！誰知道蘭花在哪兒？

高翔略呆了一呆才道：「好，請你等一等。」

他用手掌按住了電話聽筒，道：「秀珍，他要蘭花來聽電話，又提到什麼P城，你可以學蘭花的聲音，來和他交談麼？」

穆秀珍深深地吸了一口氣，點了點頭。

高翔又道：「聽那人的口氣，似乎事情還有轉機，你要設法在他的口中探出究竟來。」

2 只有三天了

穆秀珍接過了電話，冷冷地「唔」了一聲。

那一下聲音的神韻、聲調，學木蘭花當真是維妙維肖，高翔忙向她點了點頭，以增加她的信心。

那邊的人笑了起來，道：「只有三天了！」

「是的。」

「蘭花小姐，電光衣一到P城機場，你的生命就沒有問題了，我想，你不應該忘記了我們之間的約定，是不是？」

「電光——衣。」穆秀珍陡地住了口。

「只有三天了，小姐！」「砰」地一聲，那人又收了線。

穆秀珍疾轉過頭來，道：「高翔，對方還不知道電光衣一到警局就被毀去了，他要蘭花姐將電光衣帶到P城去。」

「他還說了些什麼？」

「他說，只要一到P城機場，蘭花姐的生命就沒有問題了。我想，一定是蘭花姐曾答應他們，將電光衣帶到P城，而他們的人則帶著那種特製的瀉藥，在機場上和蘭花姐交換的。」

高翔站了起來，來回地踱著步，他不斷地以手擊額。

在他踱了三分鐘之後，他陡地抬起頭來，道：「秀珍，那我們還等什麼？」

穆秀珍不明白高翔的意思，定睛望著他。

高翔俯下了身，湊近穆秀珍，道：「我到P城去！」

「可是，我們沒有電光衣！我們也不知道找什麼人接頭，不知道接頭的暗號！」

「那不要緊，那邊預定和蘭花接頭的人，一定在七天之前就開始等在機場上了，他已等了七天，而且會繼續等下去，一直等到十天的期限滿了才會離去，我們飛到P城去只不過需要三小時，我們至少還有兩天的時間可以觀察誰才是預定接受電光衣的人，我們足以向他下手搶奪那種瀉藥！」

「那時間實在是十分窘迫了。」

「是的，所以我們才要立即動身，我們還要設法尋找蘭花，我們兩個最好分頭進行，我到P城去，你去尋找蘭花。」

穆秀珍站著發呆，她的心中仍亂成一片。

高翔用力地握住了穆秀珍的手，道：「秀珍，這是有關蘭花性命的大事，你找到她，不論我是否已經成功了，你都立即和她一齊到P城來！」

穆秀珍茫然地點了點頭。

「秀珍，你根本不知道她到了什麼地方，要找她當然是十分困難的。你必須拿出你所有的力量來，秀珍，你要知道，如果你找不到她，那麼，我們就算得到了瀉劑，也是難以挽救她的性命了！」

「我知道！我知道！」看穆秀珍的神情，像是又想哭了，但是她卻知道，哭是沒有用的，她緊緊地咬著嘴唇，忍住了哭。

她的態度，使高翔對事情的進行多少有了一點信心，他轉身向外奔去，跳上了車子，又轉向機場疾駛而去。

這時，天色已接近黎明了，霧也更濃，向前望去，灰濛濛地一片，這是罕見的濃霧，高翔一路上不斷地擔心，在這樣的天氣，正常的航行是不是會被維持。

他的擔心，在他到達機場之後的五分鐘，便被證實不是多餘的了，機場的指揮主任告訴他：「一切飛行全被取消了。」

「不行，」高翔叫著，「給我一架飛機，我要到P城去！」

指揮主任搖著頭，道：「高先生，不管你有什麼急事，我無法讓你起飛，你還記得上次，薩都拉在暴風雨中降落的事麼？」

高翔的心抽搐了一下，說道：「現在沒有暴風雨。」

「根據氣象臺的報告，低氣壓籠罩在七百哩的範圍之內，極不穩定的氣浪在高空浮游，視線不清，在這樣的情形之下起飛，只有白癡才會做！」

「就算我是白癡！」高翔用力一拳擊在桌上。

「那我也不是白癡！」指揮主任回答。

高翔緊緊地握著拳，突然之間，他揮出了右拳，擊中了指揮主任的下顎，這一拳，是指揮主任做夢也想不到的，他的身子向後一仰，跌在地上，昏了過去。

高翔轉過身來，兩名指揮員在他的身後目瞪口呆，高翔猛地向他們兩人跳了過去，他雙肘齊出，撞向兩人的胸口。

那兩人被他撞得向外跌了出去，撞在牆上，一個立時昏了過去，一個則經過高翔在他的頭部補了一拳之後，躺在地上不動了。

高翔關好了指揮室的門，便來到控制台前，對著對講機扳下了掣，道：「高速度小型機是在第幾號跑道上？」

對講機中立時傳來了回答：「第七號跑道。」

「我是控制主任，我是控制主任！」高翔按下了一個有「七」字的掣，「準備小型飛機，供警方人員立時起飛之用，亮起霧燈！」

「主任，這樣的天——氣——」

「準備起飛！」高翔厲聲吩咐，立時關上了對講機。

他轉過身來，走出控制室，他知道控制室中被他打昏過去的三個人，至少要半小時之後才會醒來，而半小時之後，他已在上空了！

為了小心起見，高翔在離去的時候，仍然將控制室的門上了鎖，以防止他的計劃被破壞，他直向第七號跑道走了過去。

他還未曾來到第七號跑道，便看到一連串黃色的霧燈亮了起來，他知道自己假冒控制主任所下的命令已然收效了！

他來到了跑道上，兩個機械師迎了上來，高翔道：「我就是要起飛的人，飛機在什麼地方？一切都準備妥當了麼？」

「準備好了，可是這樣的天氣——」

「別廢話！」高翔一直向前奔去，他爬上了機艙，艙蓋緩緩地蓋了下來，霧濃得使高翔幾乎看不見在前面揮旗的地勤人員。

他發動了引擎，飛機發出轟然的聲音，向前衝了出去，霧燈飛快地掠過，飛機在跑道上並沒有滑行多久，便已直衝向天空去了。

高翔有過上千小時的飛行紀錄，但是他卻從來沒有一次像如今這樣的飛行經驗，他的飛機是飛上了天空，可是，他卻什麼也看不見，飛機被陷在霧中了。

霧濃得像是在一罐白漆中航行一樣，高翔盡量地使飛機升得高，希望可以衝出濃霧，但是當他終於穿出了濃霧之後，他向下看去，下面一片霧海，仍然無補於事！

他已在兩萬八千呎的高空了，地面的指揮部不斷地警告他，他所駕駛的小型飛機，在那樣的高度飛行，是十分危險的。

但是，地面的指揮台卻也同意，如果高翔降低高度，而變得在霧中飛行的話，那麼危險性只有增加，而不會減少的。

半小時後，無線電中，突然傳來了方局長的聲音。

這是高翔早已預料到的事情，因為被他擊昏的三個人一定會醒來，而醒來之後的第一件事，當然是通知方局長了！

「高翔！」方局長的聲音十分嚴厲，「你這種行動，已超越了你所負的責任了，你必須受到處分和法律的制裁，你快回來。」

「方局長，」高翔鎮定地回答，「我願意接受一切制裁和處分，但是如今，我卻必須到P城去，我一定要盡快到達P城。」

「為什麼？」

「我一時之間，也難以講得明白，但是，方局長，蘭花的性命危在旦夕，我到P城去，是為了盡最後一份力量去救她的！」

方局長呆了半晌，才道：「我明白了，儘管我不同意你的行徑，但是我諒解你，小心些，高翔，在這樣的天氣下飛行，不是開玩笑的！」

的確，在這樣的天氣下飛行，不是開玩笑的，高翔以為他可以在濃霧中平穩地飛到P城，那是大錯而特錯了！

方局長的話才講完不久，無線電便發出警告：「在你的前方，有一個氣囊在移動，避開它！」

高翔並沒有機會避開那個氣囊，他飛行的速度快，氣囊移動的速度也快，等到無線電的警告傳來時，氣囊已經到了！

他的飛機突然翻起觔斗來！

那並不是一個觔斗，而是連續不斷的十七八個觔斗！

在翻了那十來個跟斗之後，他的飛機陡地跌進了雲層之中。

由於劇烈的震動，許多儀器都失了靈，高翔才將飛機的機身維持平衡，雷達警報器的緊急紅燈便已亮了起來，那表示前面一千五百呎的地方有障礙，以飛機如今的速度而言，那是六秒之內的障礙！

高翔用力地扳下升高桿，飛機幾乎是成直線地向上飛去的，但是，飛機雖然立即變得向上升去，機腹還是擦中了前面的山岩！

在一下猛烈的震動之後，飛機已完全失去控制了！

飛機向後跌去，在濃霧之中，冒出了一蓬極其灼亮的火光，接著，便是一下驚天動地的爆炸聲，和無數碎片四處迸射的聲音。

方局長、警方人員和穆秀珍是在三小時之後趕到現場的，由於高翔的飛機突然失去了聯絡，機場方面便和各地展開了無線電聯絡，結果有人報告說似乎有飛機在濃霧中失事，方局長接到了報告，立時通知木蘭花，但是木蘭花卻不在。

而穆秀珍則剛外出找尋木蘭花沒有結果，而回到了家中，當她接到方局長的電話，說高翔的飛機出了事之後，放下電話，忍不住又「哇」地哭了起來！

所以，當她和方局長等人一齊趕到現場的時候，她的眼睛還是又紅又腫的。她沿途仍然不斷地在哭著，誰也勸她不聽。

等到一干人等趕到現場的時候，霧已經散了，飛機的碎片也被發現了很多，當地的警員找到了三個目擊爆炸發生的人。

這三個人中，有一個教員敘述得最清楚，他說，當時他正在學校的操場上，忽然間，他聽到了一陣異常的飛機聲音。

而當他抬頭看去的時候，他卻看不到飛機，只看到一團火光，在上空大約一千呎的地方發生，由於當時霧太濃，他只知道是有飛機撞到了山，至於撞山的什麼飛機，以及機上人員的命運如何，他卻全然無法知道，他立即將他所目擊的一切報告了警方。

方局長和穆秀珍等人聽到了那教員的敘述之後，一句話也說不出來，幾個航空失事問題專家正在細心地研究碎片。

他們在經過了幾分鐘的會商之後，站起身子來，來到方局長的面前，一齊搖了搖頭，道：「機上的人是絕對沒有生還希望的！」

方局長和穆秀珍兩人都覺得眼前一陣發黑！

穆秀珍尖聲道：「你們要弄清楚，高翔是一個非比尋常的人，即使在最危險的情形下，他也有著鎮定的應變頭腦的！」

穆秀珍聲勢洶洶地說著，似乎飛機失事，高翔死得連屍骸都沒有，這一切全是那兩個專家的錯一樣！

那兩個專家攤了攤手，難以回答。

「你們說，他一點機會也沒有麼？」方局長總算比較老練一些，他又問了一句。

「嗯——」一個專家望了穆秀珍一眼，深怕她發脾氣，「除非在爆炸發生的一剎那，他已按下了救生掣，並已彈出了機艙。」

另一個專家則不出聲，只是在一旁搖著頭。

那一個說話的專家用力地碰了碰他，那一個專家才道：「是，是，這是唯一的機會了，可是這個機會……嘿嘿……嘿嘿……」

他勉強乾笑了兩聲，未曾再說下去。

而事實上，他根本不必說下去，誰也知道他將說些什麼了，他是想說，這個機會實際上是微乎其微，幾乎等於零的，因為即使高翔在那一剎間按下了救生掣，彈出飛機的話，飛機接著爆炸，爆炸的氣浪也一定會將他震昏過去的！

飛機是在一千二百呎高空遇事的，高翔被震昏了過去，當然難以打開降落傘，什麼人能夠在一千二百呎的高空跌下來而仍然生還？

方局長和別的人都聽得出，這兩個專家那樣講法，只不過是在安慰一下方局長，使他的心中還寄以一線希望，不要太難過而已。

可是，出乎那兩個專家意料之外的卻是，穆秀珍已肯定了這一點，她立時輕鬆地笑了起來，道：「是了，高翔一定已在事先彈出飛機了！」

一個專家道：「小姐——」

但是穆秀珍卻專橫地不讓他將話講完，大聲地道：「你不必說，我可以肯定，高翔一定是逃生了，方局長，你不必發急，說不定他這時正在找我們哩！」

方局長卻一點也不樂觀，他下令在附近二十哩範圍之內進行詳細的搜索，他自己則帶著穆秀珍單獨走了開去。

當他們兩人來到一株大樹下，遠離了眾人之後，方局長才道：「秀珍，告訴我，高翔為什麼要在這樣的天氣之下飛到P城去？」

「他……他為了要救蘭花姐！」

方局長只感到一陣頭昏，高翔的失事已經使他覺得難以忍受了，如今再聽到木蘭花有不幸的消息，他更是難以支持了！

他連講話的聲音也有點結結巴巴起來，道：「蘭花……她有什麼事？這幾天好像沒有大事發生啊，她怎麼了？」

一提起木蘭花，穆秀珍不由自主又失聲哭了起來，她一面哭，一面道：「方局長，蘭花姐為了奪回電光衣，吞下了一種毒藥，只有三天可活了。」

方局長深吸了一口氣道：「你是說——」

穆秀珍沒有勇氣再將木蘭花的遭遇說一遍，她突然叫道：「高翔去不了P城，我要去！我要去！」

她向前疾奔了出去，奔到一個警官的身邊，在那個警官還未曾明白究竟是怎麼一回事之際。她一伸手，已將那警官推得踉蹌向外跌出了幾步，同時，她身形一縱，跳上在那警官身邊的一輛摩托車，向前疾駛而出。

方局長叫道：「秀珍！秀珍！」

可是穆秀珍騎著摩托車，已經從田野跳上了公路，她加大油門，摩托車在平整的公路上如同一支箭似地向前掠了出去！

穆秀珍騎在摩托車上，摩托車哩數表的指標指在「九十」這個數字上，車子快得幾乎是要離地直飛了起來一樣。

穆秀珍一跳上車子，向前衝去之際，心中只想著：到P城去，到P城機場去，時間已經不多了，只有三天不到的時間了！

可是，當她的摩托車在公路上風馳電掣了將近半小時之後，當她的頭腦漸漸地冷靜下來之際，她陡地想起，自己所駛的這條路，是不是通向P城的呢？

她以極短的時間減低了速度，留意著路標，一直到她來到了一個十字路口，她才看到一個路標，她停了下來，抬頭張望著。

那成十字形的路標上，似乎並沒有一個是寫著到達P城去的方向，穆秀珍不禁大是躊躇了起來：自己究竟是在什麼地方呢？

她徬徨地四面張望著，只見一輛流線型的大房車正緩緩地在她的身邊停了下來，從車窗中探出一個頭來，那是一個面目十分平板的中年人，看來像是一個銀行家，這個人以十分有禮貌的聲音問道：「小姐，有什麼可以為你服務的麼？」

穆秀珍雙手叉著腰，老實不客氣道：「有，我要到P城去，該走哪一條路？」

「到P城去？小姐，很少人由陸路去的！」

「我喜歡由陸路去！」穆秀珍沒好氣地答著。

那人縮回了頭，穆秀珍以為自己的態度已將對方激怒，對方準備就此離去。對方真的就此離去，穆秀珍也是沒有辦法的，但是她卻決定了在對方那華麗的汽車上重重地踢上一腳以洩憤。

卻不料穆秀珍料錯了，那人縮回頭去，不知道做了一些什麼，立時又伸出頭來，道：「小姐，我可以送你到P城去麼？」

穆秀珍呆了一呆，對剛才自己的態度不免多少有點歉意，她道：「從這裡到P城，用最快的速度，大約要多少時間？」

「用每小時一百哩的速度，大概有七小時，就可以到達了，」那中年人打開了他身邊的車門，「小姐，請上車來吧。」

「七個小時？」穆秀珍一面上車，一面道：「這豈不是耽擱了你的事情了麼，這樣麻煩你，當真十分不好意思，我不知怎樣感謝你才好。」

穆秀珍平時雖然任性，可是這時候，她衷心地感激那人，道起謝來也似模似樣。

那人淡然一笑，道：「不必客氣了，小姐，你到P城去，是有性命交關的大事，我怎能不幫助你？」

這時，車子已經在向前開動了，穆秀珍剛坐穩身子，可是她一聽得那人這樣說法，她陡地跳了起來，以致頭在車頂重重撞了一下！

「小姐，請坐穩些！」那人漸漸加快了速度。

「你，你剛才講什麼？」

「我說小姐你到P城去，是有人命相關的大事，我當然要幫助你的。」

「你……怎麼知道的？」

「其實，小姐你不去也不要緊的，那個不顧一切駕機前去的勇士，只要他不發生意外的話，是一定可以比你早到達的——」

「你是誰？」穆秀珍不等他講完，便陡地轉過身，一掌向那人的頭部劈了下去，而那人則仍然坐在駕駛位上，並不躲避。

也就在穆秀珍的手掌將要劈中那人的頭部之際，她突然覺得後頸之上涼了涼，已有一根金屬管子頂住了她的後頸。

同時，聽得身後有人道：「別動，小姐！」

穆秀珍立時僵住了！

她身後那聲音又道：「小姐，現在車速接近一百哩，如果司機突然受傷，那麼小姐，你也無異是在自殺了，大名鼎鼎的女黑俠，行事就這樣不加思量的麼？」

穆秀珍頹然地放下手來，她實在料不到會在這樣的情形之下，落入了人家的手中，最可氣的是，她還是心甘情願，向人道了謝才上車來的！她真恨不得重重地揍自己幾拳！

3 別出奇謀

車子中，除了她之外，別的人一齊笑了起來，從笑聲來判別，似乎在她的身後不止一個人，而是有兩三個人之多。

穆秀珍勉力地鎮定心神，才道：「你們是什麼人？」

在她身邊的那中年人道：「我們是去P城飛機場，等候一位姓木名蘭花的小姐的，我們是什麼人，你可明白了麼？」

穆秀珍只覺得腦中一片混亂，在那一剎那間，要她明白那究竟是怎麼一回事，實在是不可能的事情。

她呆了足足有十分鐘之久，才失聲道：「是你們！」

那人笑了起來，道：「對了，是我們！」

穆秀珍連忙道：「你們，你們沒有人早在P城等候？」

「當然沒有，當我們知道木蘭花根本未曾有離開的打算之際，我們何必派人去P城現眼？現在，蘭花小姐既然已動身了，我們自然也可以去了。我們並不是乘飛機抵達，而是駛車前往，這恐怕又令得冒險起飛的高主任感到意外了！」

穆秀珍又呆了半晌，才道：「這七八天來，原來你們一直在對我們進行著監視？」

「是的，我們還有可能對你們的交談進行竊聽，別忘記我們在這方面的一切工具幾乎都是超過時代的，效能十分高。」

穆秀珍忽然笑了起來，道：「那麼你們就應該知道，蘭花姐在電光衣一到手之後，就立即將之帶到警局，已然炸毀了。」

「知道——我們在你們的交談中聽到了這一點了，但是你以為我們會相信麼？如果你以為我們會就此放棄，那未免太天真了。」

「你們不相信？」

「是的，別忘記，木蘭花的性命和電光衣有關！」

穆秀珍只感到心中的怒意不斷地上升，的確，他們是不會相信的，像他們這種人，怎麼能夠體會木蘭花那種高貴的思想呢？

她的臉在剎那之間漲得通紅，她厲聲罵道：「你們這群卑鄙齷齪的豬！」

她本來就是十分衝動，這時更是怒火上升，明知那柄槍仍然抵在她的後頸，也明知在車子高速的行走中去襲擊司機，對自己來說，是極其危險的一件事情，但是，她卻不顧一切地一面罵，一面雙掌一齊揚起來，向那司機的後腦劈了下去！

這一下，是絕對地出乎車中幾個人的意料之外的！

當穆秀珍的雙掌擊中那人的後頸之際，那極其有力的兩掌，使得那人的頸骨發出了極其清脆的斷折之聲來。

接著，正在疾駛中的車子，忽然猛地向上跳了起來。

穆秀珍的身子被車子的震盪拋了起來，她聽到了兩下槍聲，但是那兩槍都未曾射中她，她將身子縮成一團，車子已翻了轉來。

車子在翻轉之後，還在公路上不斷地翻滾著，穆秀珍看到有兩個人被拋出了車子，跌倒在公路上，而她還留在車廂之中。

車子翻出了七八轉，四輪朝天地停了下來。

穆秀珍縮成一團的身子彈了開來，從車門中射了出去，那兩個倒在公路上的人，這時也都爬了起來，其中一個立時向穆秀珍射了一槍！

那一槍，被穆秀珍著地一滾，滾得向外避了開去，可是卻射中了車頭，「轟」地一聲響，車子燃燒了起來，穆秀珍竄到了車後。

她看到那兩人一齊向田野奔了過去。

穆秀珍想追過去，可是那兩個人一面逃，一面還在不斷地發槍，使得穆秀珍不能追上去。

當穆秀珍看到車子熊熊燃燒之際，她心中還十分高興，因為那被她一掌擊斷頸骨的人早已死去，她總算消滅了一個敵人，就算木蘭花終於遭受不測，就算高翔已經粉身碎骨，她也出了一口氣了。

可是，當她在公路上向前走出了哩許之後，她卻陡地站住了！

她有什麼值得高興的地方呢？她應該號啕大哭才是！那三個人，她怎可以輕易地任憑他們逃走或死去？

要知道，高翔冒著生命危險要飛到P城去見的，就是那三個人，那三個人的身上，是有著可以救木蘭花的那種特製瀉劑的！

她能夠在半路遇到那三個人，應該是天大的幸事，而不是倒楣的事情，她應該利用最好的機會，使自己能從這三人的身上得到那種特製的瀉劑的！

可是，她卻沒有這樣做，她只是打死了一個人，反被另外兩個人逃了開去，她錯過了一個千載難逢的大好機會！

穆秀珍連忙轉過身，再向汽車失事的地方奔去。

當她奔回汽車失事的地方之際，車子旁已經圍了不少人，也已有兩個警員在了，那輛車子連同車中的人都已成了焦炭。

在那樣的情形下，就算車子中有著她所需要的東西的話，也已沒有用了，而且，那逃走的兩個人，只怕也不會再到P城去了！

一切都給她弄糟了！

穆秀珍呆呆地站著，不知道該怎麼才好！

雖然不是一切都給穆秀珍弄糟的，但是至少給穆秀珍弄糟了一件事，那就是：某方的特務三人，並未曾出現在P城機場，而木蘭花則是在P城機場等候他們的。

那一天晚上，木蘭花留言出走，她心中的痛苦，自然是難以言喻的，事實上，這幾天來，木蘭花幾乎每一分鐘都是在極度的痛苦煎熬中度過的。

即使是一個再堅強的人，當自己的生命過一天就少一天，到了只有三天的時候，都不免產生不如早些使生命結束的念頭的。

自己結束自己的生命，這是木蘭花在以前做夢也想不到的事情，但這時，她卻自然而然地想到了這一點，所以當她離開家中的時候，她幾乎如同一個夢遊患者一樣地向前走著。

她是直向海灘走去的，到了海灘之後，她一步又一步地向大海走去，海水浸到了她的足踝，又浸到了她的小腿。

她仍然向前走著，海水漸漸地來到了她的腹際，她的身子已然有一種飄浮的感覺了，就在這時候，一個浪頭捲了過來。

浪頭捲起的海水向木蘭花身上淋了下來。

當清涼的海水兜頭淋了下來之際，木蘭花的神智陡地為之一清，她愕然四顧，又愕然地在心中自問：我是在做什麼？

她以最快的速度退回到岸上。

到了岸上之後，她的身子在微微地發著抖，那並不是因為寒冷，而是她感到自己剛才竟然生出了如此可怕的念頭來。

還有三天，不是麼？三天之後，就算一事無成，也只不過是一個死，還有三天的時間，誰知道是不是有意外發生呢？

如今就結束自己的生命，這不是太愚蠢了麼？

木蘭花迅速地回家去，在回家的途中，她已有了決定，在電話中聽來，對方似乎並不相信自己在電光衣一到手之際便已將之毀去了。

那也就是說，對方的人可能還在P城機場，而等在P城機場上的人，當然身上是帶有那種特製的瀉劑的，那麼，自己何不上P城去碰碰運氣？

當然，對方若是見不到電光衣，是不肯輕易將那種瀉藥給自己的，但是自己卻可以化裝前去，因為自己知道對方等在機場上的是何等樣人！

她回到了家中，化好了裝，穆秀珍仍然熟睡未醒，木蘭花本來是想將那封信收起來的，但是她轉念一想，自己此去P城，並沒有成功的把握，如果失敗了，自己連最後幾句話都不能向穆秀珍講，這不是太過分了麼？

所以，她在穆秀珍的床前站了好一會，決定讓那封信仍然留在家中。

而她在離開之前的最後一剎間，還曾在穆秀珍的臉輕輕地撫摸了好一會，只不過穆秀珍睡得如此之酣，什麼也不知道。

木蘭花離去的時候，已經是十分壞的天氣了，飛機的班次全被取消，木蘭花無法搭飛機前去P城，她是搭火車前去的。

午夜之際，火車站的人本就不多，也根本沒有人會想到，一個看來行動有點不便，而且又滿臉愁容的人，會是女黑俠木蘭花！

木蘭花到P城，是第二天午後兩時，她趕到機場是兩時半。如果不是那三個特務在半路上遇到穆秀珍而出了事的話，那麼他們大抵也在這個時候到達的。

但如今，他們卻沒有來。

木蘭花在機場中緩緩地走著，小心地留意著每一個人，可是她卻見不到一個如「一號」所說，可以和她交換東西的人物。

P城的機場並不大，在不到半小時之內，她已轉了三轉，她什麼也未曾發現，她頹然地在候機室中坐了下來，心中十分之懊喪。

她心中想：敵人方面，難道是早知電光衣被毀了，但是為了報復自己的背信，所以才故意裝著不知？好等自己以為還有希望，而不到最後一刻，不會絕望？

如果不是這樣的話，為什麼在P城的機場上，竟看不到應該在等待自己，和自己接頭的人呢？莫非對方的人也化了裝？

這倒是有可能的，對方的人也化了裝。對方的人以為自己多半是以本來面目出現的，大可以由他們來認人，那麼，在機場中的那麼多人，哪一個才是自己要找的人呢？

木蘭花只覺自己若是再想下去，只怕要昏過去了。

也就在這時，她聽得坐在離她不遠處的一個旅客，手上的一個收音機正在報告新聞，她立時被吸引住了。

收音機的新聞播報員道：

「據本台記者獲得的消息，今日清晨，本市警方一位極高級的人員，因急務獨自駕機，飛往P城，但是由於天氣極度惡劣，飛機起飛不久即告失事，失事飛機的殘骸已盡成碎片，這位高級警務人員生還的希望微乎其微，記者力圖證實這位遇難警方高級人員的姓名，但是警方最高當局諱莫如深，絕不透露，惟記者發現，出事現場，女黑俠穆秀珍亦曾出現，事情恐有極深內幕，請繼續留意本台的新聞，本台新聞最真實，最快捷……」

警方的高級人員……因急事赴P城……機毀人亡……警方不允透露遇害人的姓名……現場有女黑俠穆秀珍在……

這一切，像是一支又一支的箭，而每一支箭，都射向一個目的，那個目的之上，大書著「高翔」兩個字。

那是高翔，那個遇難的高級人員，一定是高翔！

木蘭花的身子不由自主地發起抖來。

她當然不能確切地知道自己留書離開之後，究竟發生了什麼事情，但是，以她的推斷能力而論，她多少可以猜到一些事情的經過情形。

高翔急急忙忙要趕到P城的原因，是和她一樣的，高翔也想在P城機場上見到某方面的特務，在他們的身上取得那種特製的瀉劑。

但是，飛機墜毀了，他，他也……

木蘭花沒有勇氣再想下去，她搖搖晃晃地站了起來。

47 替身

人生真是太奇怪的事了，當她知道自己只有十天可活之際，她不知多少次想到過，當高翔知道自己已死了之後，一定會極其難過的，那時，又怎料得到，反倒是自己為他的死來難過呢？

木蘭花眼眶潤濕，淚水已然撲簌簌地落了下來。

她不想因為自己落淚而引起別人的注意，是以她站了起來，向電話間走去。在電話間中，她坐了下來，關上了門，淚水更是如泉而湧。

過了好一會，她才勉力振作精神，她拿起電話來，本來，她是想打長途電話回去問一問的，可是到她拿起電話來的時候，她卻改變了主意。

就算她證實了遇害的確是高翔，那又怎麼樣呢？

她的事情，方局長和秀珍也一定已經知道了，自己在如今這樣的情形之下打電話回去，那只有令他們更加難過，而於事無補。

所以，她又輕輕地放下了電話筒，抹乾了眼淚，退出了電話間。

她已不再對對方特務的出現寄以任何的希望了，她慢慢地走出機場。

P城是一個風景十分美麗的城市，一出機場，便是一條林蔭大道，那條林蔭大道是筆直地直通到市區中去的，木蘭花才一出機場，便有的士前來兜生意，但是木蘭花搖搖頭，拒絕了。

她在樹蔭下的人行道上慢慢地走著，她只覺得極其疲倦，疲乏到了極點，那種極度的疲倦之感，不是一個生命已到了盡頭的人，是無法領會得到的。

所以，她也走得出奇地慢，有好些時候，她根本不在走，而是站著不動，這時，她心中的難過，倒不是為自己，而是為了高翔。

她十分懊悔自己一直對高翔太冷淡了，高翔本來是邪途上的人，能夠因為她而轉到正途上來，這就說明了高翔對她的感情，而她為什麼對高翔那樣冷淡呢？

雖然，最近七天來，她對高翔的態度有了轉變，但是那本來是她準備留給高翔一個淒然的回憶的，哪裡料得到，結果反而由她來悼念高翔了？

她默默地抬起頭來，斜陽透過濃密的樹葉，凝成一個一個看來十分神秘的小圓點，她望著那些閃耀變幻不定的小圓點，眼眶又不禁潮濕了起來……

木蘭花就這樣，又呆立了許久，才又繼續向前，走了出去，車子和行人不斷地在她身邊掠過、但是她全然未加注意。

直到她走出了將近哩許之際，有一輛汽車，以超常的速度貼著她的身邊駛過，使得木蘭花不由自主回過頭去看了一看。

那一看，使得她陡地一震！

她看到車中的一個人，左額之上，似乎有著老大的一顆紅痣，那正是「一號」和她約定的那個與她交換電光衣的人的模樣！

那是真的麼？

當木蘭花想要看清楚時，汽車早已駛了開去，木蘭花已沒有看清那人究竟是不是她所要見的人了！

但不論那人是不是她所要見的人，木蘭花的精神卻為之一振，那個人若是到了機場，那麼自己至少可以有取得那種特製瀉劑的希望了。

但木蘭花的心中，隨即又是一陣難過！如果她取得了那種特製的瀉劑，將有毒的膠囊從胃壁中清除了出去，她無疑是得救了，可是高翔呢？高翔卻反倒為了救她而遇難了！

木蘭花又呆了片刻，才繼續向機場走去，等她又回到機場的時候，她看到了那兩個人，那兩個人以一種十分礙眼的姿勢坐在椅子上。

但如果不是預先想到要和他們見面的人，至多向他們多望兩三眼而已，而木蘭花卻不同，木蘭花一眼就看出，那兩個正是她所要見的人！

木蘭花略停了一停，鎮定了心神，她來到那兩人所坐的沙發後，輕輕地將一個只不過如指甲鉗那樣大小的竊聽器貼在沙發的背後。

那兩人顯然未曾覺察到木蘭花的這個行動，他們仍然以那個怪姿勢坐著，不斷注視著來來往往的人，木蘭花將竊聽器放好之後，便走了開去。

竊聽器的背面有著許多小刺，小刺的尖端有著倒鉤，是以刺穿了沙發背後的皮面，便會牢牢地留在沙發背上了。

木蘭花在緩緩走開去的同時，取出了一副眼鏡戴上。她這時候是化裝成一個中年婦人，一個中年婦人戴上一副老花鏡是絕不引人懷疑的。

木蘭花的眼鏡當然不是普通的眼鏡，在鏡架上，有著精緻的無線電接收設備和耳機，這樣，在一哩之內，那兩個人的交談，通過竊聽器的傳播，木蘭花可以清楚地聽得到。

木蘭花來到十多碼之外，才在一張沙發上坐了下來。

她可以看得到那兩人，但是由於隔得相當遠的緣故，她又絕不會惹人懷疑。

她剛一坐了下來，便聽得一個人道：「他媽的，木蘭花好像不在這裡啊！」

另一個道：「她會來的，只有兩天多一點時間了，而她又離開了住所，她若不送電光衣來，難道她不想活下去了麼？」

那兩個人的交談，令得木蘭花一陣興奮。現在，她可以肯定，那兩個人正是某方面的特務，他們是在這裡等自己，還夢想著自己會帶了電光衣來找他們的。

木蘭花開始仔細地打量這兩個人，兩個人的身形都相當魁梧，而且，看樣子，他們的身上，也都帶著不少秘密武器。

這一切，木蘭花都未曾放在心上，她早已習慣了和各種不同樣的敵人周旋了，令得她困惑的是，兩人的手中都提著一個公事包。

公事包是「占士邦」型的，相當大，木蘭花估計兩個箱子中放的都是鈔票，但是那特製的瀉劑，曷在哪一個公事包中呢？還是根本不在公事包中，而在他們兩人的身上？

木蘭花沒有電光衣可以和他們交換，她要別出奇謀，才能將需要的東西得到手中！

在那樣的情形下，她當然先要弄清東西在什麼地方！

木蘭花這時還沒有具體的計劃，但是她已然發現了目標，並且可以聽到他們的交談，她可以說已占了上風了，所以她仍坐著不動。

那兩個人繼續在低聲交談：「哼，我看木蘭花是在玩花樣！」

「不會的，她要命，就不會玩花招的。」

「如果她不是在玩花招，那麼咱們半路上怎會碰到了穆秀珍這個女煞星，差點到不了這裡，而且還損失了一個夥計呢？」

「這個……這個……」另一個搖了搖頭，「可能是木蘭花派穆秀珍出來，故意叫她這樣做，以欺瞞警方的耳目的。」

這時，木蘭花的心頭怦怦地亂跳了起來！

穆秀珍也出事了！從這兩人的談話之中聽來，穆秀珍似乎是占了上風，打死了他們的一個人，而且，這幾乎令他們兩人到不了這裡。

但是穆秀珍呢？穆秀珍如今在什麼地方，她怎樣了？

木蘭花緩緩地站了起來。

這時，那一個人又道：「你不要太樂觀了，我們如果見到了木蘭花，必須好好地注意她的行動，你必須仔細檢查電光衣的真偽，組織上說，我們如果失敗了回去……」那人的聲音十分激動，「那麼我們到時就得不到供應瀉劑，我們只有死路一條了！」

另一個人忙道：「當然，那當然。」

木蘭花站起身來之後，緩緩地向前走去，當她將近走到了兩人背後之際，她除下了眼鏡，因為對方既然是受過訓練的特務，當然是會疑心眼鏡有古怪的，而她即將扮演的一個角色，最主要的就是不令對方起疑，而且也不給對方知道她曾偷聽過他們的講話。

4 最後的機會

當木蘭花除下了眼鏡的一剎那間，她還聽到了一句話，那是其中的一個人講的，他道：「可是我們的車子已經毀了，我們已沒有——」

她只聽到這裡，由於取下了眼鏡，下文是什麼，她便沒有聽到，她當時自然也想不到那會是一句極其重要的談話！

由於她已然準備現身，直接去和那兩人打交道了，所以她也未曾在意，她逕自來到兩人的身後，低聲叫道：「兩位——」

那兩人果然是久經訓練的特務，木蘭花才輕輕講了兩個字，他們兩人便以極快的動作倏地轉過身來，而且一臉緊張。

木蘭花一手已拿住竊聽器，將之拉了出來，放回了手袋之中，一面又道：「兩位，是一位年輕的小姐，託我來找你們的。」

「在哪裡，那位小姐在哪裡？」兩人緊張地問，同時轉頭四顧。

「她當然不在機場，請你們跟我去。」

那兩人互望了一眼，面上現出了不信任的神色來，木蘭花不等他們出聲，又道：「她在等你們，咦，你們還猶豫什麼，怕我麼？」

「你是什麼人？」那有紅斑的人問。

「我是什麼人，是不相干的，事實上，我認識那位小姐也只是半小時之前的事，她還要我先向你們道歉，她的妹妹做得太過分了些。」木蘭花似模似樣地說著。

兩個人面上不信任的神情，漸漸地消失了。

木蘭花又笑了一笑，道：「請你們跟我來。」

那兩個人站了起來，木蘭花知道那兩個人是一定會跟在自己身後的了，是以她只是自顧自的向前走去，那兩個人果然跟在她的後面。

她一直向前走著，不多久，便走出了機場，而在那不到兩分鐘的時間內，木蘭花已經有了打算，是以她一出機場，便停了下來，道：「你們的車子呢？」

那個臉有紅斑的人悻然道：「我們的車毀了，連——」

可是他只講到這裡，另一個人突然一伸手，重重地向他推了一下，那一推是如此之大力，幾乎令得他立時跌倒在地！

當然，他也未能夠將話講完，另一個人還瞪了他一眼，才道：「我們的車子雖然毀了，但是卻又弄了一輛車子，就在那裡。」

「那好，我可以不必召的士了！」木蘭花一面裝著十分高興地說著，一面心中卻在想，為什麼在提到車子毀去的時候，那個人忽然推了講話的人一下呢？他們不願意提起這事，覺得這件事丟臉？

木蘭花只不過略想了一下，便未曾再想下去，因為這時，她已和那兩人登上車子了，兩人對她的邀請，並不表示什麼懷疑，那便是她可以成功的標誌了。

三個人一起登了車，由那個面有紅斑的人駕車，車子在林蔭大道上平穩地向前駛去，木蘭花在車子轉了一個彎之後，揚了揚手。

隨著她揚手的動作，有兩下極其輕微的「咭咭」聲，自她的戒指之中射出了兩支極細極細的針來，那兩支針刺中了兩人的後頸。

但是由於這兩枚針實在太細了，所以那兩人被針射中的感覺，不會比被蚊子叮了一口更難耐些，他們都伸手向後頸摸了一下，並沒有在意。

但是，這兩枚極細的針上，卻是染有一種南美洲土人所用的麻醉藥，那種麻醉藥，是一種植物根部提煉出來的，叫「美隆別斯」，當地的土語是「見到血就沉睡」之意，當地土人設法染在吹銃的箭上，一支箭可以令一頭大犀牛昏睡數小時之久！

這種麻醉藥也有一個缺點，那就是要麻醉劑直接碰到身體內的流動血液，要不然就不會生出麻醉效用來，木蘭花所用的毒釘如此之細微，毒藥的含量自然極微，所以更一定要射中他們頸後的動脈才有用，那時木蘭花正坐在他們的後面，這本是輕而易舉的事情。

木蘭花在心中數著：一，二，三！

等到數到「三」字的時候，前面的兩個人開始搖晃，車子也走起「之」字來。木蘭花連忙跳過椅背，伸手向兩人推去。

那兩個人被木蘭花一推，便倒了下去，木蘭花先控制好了車子，使車子的行駛恢復正常，然後，她便將車子駛進了一條支路。

那條支路是通向一個小湖邊的，這時並不是假日，小湖邊相當幽靜，木蘭花將車直駛到了湖邊才停下來，開始搜查那兩人。

那兩個公事包所放的，果然是大量的鈔票，但是卻找不到那種特製的瀉劑。

事實上，木蘭花根本未曾見過那種特製的瀉劑是什麼樣子，但是那總得裝在瓶中，袋中，或是膠囊之中，可是公事包中卻沒有她要找的東西。

那絕不是木蘭花找得不小心，事實上，木蘭花立即發現那公事包中有相當多的秘密夾層，木蘭花將之一層一層地拆了開來。

每一個夾層之中，都藏著足以殺人的秘密裝置，可是卻沒有那種特製的瀉劑。木蘭花的額上在隱隱地冒著汗，她開始搜查那兩個人的身上。

但是半小時之後，她也失望了。

當她發覺了她已完全失望之後，她的手在不由自主地微微發著抖，她呆呆地坐著，這次行動，可以說是她最後的一次機會了。

但是，這個機會卻失去了，她找不到那瀉劑，而她不想將電光衣交出來的意圖，對方卻可以知道了，對方當然會料到他們是得不到電光衣的了。

在那樣的情形下，她當然再也得不到那種瀉劑了。她還有什麼機會呢？

她的腦中充滿了混亂之極的思想，直到她身邊的人突然動了動身子。

木蘭花立時取出兩副手銬——那是她在兩人「公事包」的中找到的，將兩人的手反銬了起來，並且銬在一齊，她又取過了一柄手槍，對準了那兩人。

那兩個人慢慢地醒了過來，但是他們睜開眼來的時候，第一眼看到的，就是一根烏溜溜的槍管，兩人身子猛地震了一下，他們立即發覺他們被反銬住了雙手。

他們兩人同時驚叫了起來，道：「這算是什麼？」

「你們，不是要見木蘭花麼？」

「你，你就是？」兩人駭然而問。

「是的，我就是。」木蘭花盡量使自己的聲音保持鎮定，「我就是木蘭花，對剛才的小小的魔術手法，我表示歉意。」

那兩人眼珠骨碌碌地轉著，車中的情形，使他們清楚地知道，他們並不是昏迷了一個短時間，而是昏迷了相當長的時間，因為木蘭花已從容地搜尋了一切！

這時候，他們兩人的面色也不約而同地變得極其鎮定起來，道：「蘭花小姐，你是一個聰明人？」

他們說出「你是一個聰明人」之際，是用一種懷疑的口氣說出來的，那等於是在說木蘭花是一個蠢人了。

木蘭花只是冷笑著。

那臉上有紅斑的人又道：「小姐，你這樣子對付我們，可是想自殺？」

木蘭花冷冷地道：「那瀉劑在什麼地方？」

兩人互望了一眼，另一個人搖著頭，道：「小姐，無論你用什麼方法向我們逼問，怎樣威脅我們，都是沒有用的。」

木蘭花揚了揚眉，道：「是麼？」

「是的，因為我們也服了那種毒藥，我們是和你一樣的，小姐，你明白麼？

那就是說，如果我們得不到電光衣，我們必然是要死的，那我們還怕些什麼？」

那人講得十分徹底，的確，對一個明知必死的人，還有什麼恐嚇威脅可以打動他的心呢？木蘭花不禁苦笑了起來。

但是木蘭花立即低聲道：「是的，你們說得有理，如果我告訴你們，你們根本得不到電光衣，因為電光衣早已被我毀去了，你們怎麼想？」

那兩人的面色漸漸地變了，在不到兩分鐘的時間內，他們的臉色變得十分之難看，他們一齊顫聲道：「蘭花小姐，你不是在開玩笑吧？」

「一點也不，我講的全是實情。」

「那麼，你……你就非死不可了。」

「我相信你們也是一樣，由於你們未能完成任務，而你們的上 級又一定不肯相信我已將電光衣毀去了，因之你們將得不到那種特製的瀉劑了，留在你們胃中的毒藥，也會發作而奪去你們的生命，請問，那將是幾天之後的事情？」

那兩人的臉變成了死灰色，但是他們還在掙扎著：「你講的不是實話，沒有人會冒著生命的危險而將電光衣毀去的。」

「信不信由你們，我可得走了！」木蘭花突然出了車廂，向外走去，走到小湖邊上，在茂密的林木之中隱沒了身子。

木蘭花的這一行動，十分出乎那兩人的意料之外，那兩人想叫她，但是卻未曾出聲，等到木蘭花說走之後，他們仍呆若木雞地坐著。

木蘭花其實並沒有走遠，她走進了林子之後，便伏下身子來，俯伏著向前走去，來到離車子只有七八碼的灌木叢中。

由於灌木叢十分之濃密，所以木蘭花藏身在灌木叢中，從外面看來，是不容易發覺的。

她一藏起來之後，便取出了兩件東西來，那是一具可以架在鼻上的小型望遠鏡，和一柄手槍，藉著那具小型望遠鏡，她可以清楚地看到車廂中那兩人臉上的神情。

她看來是退出去了，實際上，她卻是撒下了一張網，她在等待著魚兒進網，而她心中的「魚兒」，便是這時在車中的那兩個特務！

她的計劃便是要令得那兩個特務覺得，如果得不到電光衣的話，那他們是非死不可的，所以，她才說出電光衣被毀的事實。

從那兩個特務面上的神情來看，他們兩人是完全接受了這個事實了，木蘭花在這樣的情形下離了開去，她預料在自己離開後，將會發生以下幾件事：

（一）兩人將會設法弄開手銬，這對兩個受過訓練的特務而言，絕不是什麼難事！

（二）兩人將會立即想到，他們將在限期到達的時候得不到特種瀉劑，因此，其中的一人，或是兩人同時，都會迫不及待地吞服他們所有的一份瀉劑——那份瀉劑，原來是用來交給木蘭花，也是木蘭花在兩人昏過去未醒之時未曾搜尋到的。

當兩人起爭執的時候，木蘭花就有機會看到那份可以救命的藥物，那麼，她就可以突然現身，在兩人爭執之中漁翁得利了！

木蘭花的計劃十分周詳，而且，事情的發展似乎也正照著她預料的方向在進行著，她伏下身不多久，便看到了兩人開始解脫手銬。

兩人很快地便解脫了手銬，搓揉著手腕。

木蘭花等待著他們之中的一個人，或是兩個人同時出現剎那間想起什麼的神色，可是兩人的面色卻一直是那樣地沮喪！

木蘭花心中大聲罵著：蠢才，怎麼那麼蠢，怎麼想不起自己的身上有救命的藥物，怎麼還不將之取出來爭奪著服食？

沒有，那兩人硬是想不起來，他們一齊走出了車廂，其中一個道：「我們完了，我們完了，我們只有等死的一條路了！」

他一面說著，一面用手捧住了自己的頭，在一棵大樹的樹身之上用力地撞著，發出「砰砰」的聲音來。

如果不是木蘭花心中十分焦急的話，看到那人這種情形，倒會覺得十分好笑的。另一個人的情形也好不了多少，他只是呆若木雞地呆站著。

木蘭花仍然耐著性子等著。

過了十分鐘左右，且聽得其中一個人忽然怪聲怪氣地笑了起來，一個道：「我還有二十天，你呢？你還有幾天？」

將頭撞在樹上的那個道：「我更短，只有十六天。」

「那麼，我們何不趁這幾天的有生之日，去像皇帝一樣地過日子呢？別忘記，我們有那麼多錢，這足夠使我們過幾天十分豪奢的日子了。」

「過完了那些日子呢？」

「只好等死了！」

兩人講到這裡，又相視哭喪著臉苦笑了起來。

木蘭花等到這時實在忍不住了，她陡地立起身來，冷冷地道：「至少，你們兩個人之中，有一個是可以不必死的！」

那兩人突然轉過身來，望定了木蘭花，開始，他們的臉上現出疑惑莫解的神色來，但不到半分鐘，他們便恍然大悟了！

他們突然怪笑了起來，笑得前仰後合，甚至發出了極其奇怪的怪叫聲來，

木蘭花大聲道：「你們笑什麼？」

這時候，木蘭花的確感到莫名其妙，他們笑什麼呢？

那兩個人繼續地笑著，他們足足笑了有十分鐘之久，才止住了笑聲。

那有紅斑的人道：「木蘭花，你告訴了我們一個十分不幸的消息，便是電光衣已被毀了，現在，我們也有一個十分不幸的消息告訴你，那便是，原來決定給你的那份救命靈藥，也已被毀了！」

木蘭花的身子陡地一震，失聲道：「什麼？」

同時，她的心中在叫道：「不可能的，這是不可能的，對方絕不知道自己已經毀去了電光衣，那麼，又何以會毀去那份瀉劑呢？」

她還沒有再問，已聽說那人又道：「我們本來是三個人一起來的，那份瀉劑是放在另一個人的身上，可是他卻被穆秀珍打死了，而且他還在車中被燒成了焦炭，那份瀉劑，哈哈，當然也完了！」

另一個人也怪聲笑了起來，道：「小姐，這不是太有趣了麼？我們本來約定的是以電光衣來換取那一份救命的瀉劑的——」

他講到這裡，有紅斑的人也插進口來：「可是，你沒有電光衣，我們也沒有那份瀉劑，我們雙方全在做買空賣空的生意，哈哈，哈哈！」

「別笑！」木蘭花陡地向前躍出了兩步。

那兩個人一齊止住了笑聲。

木蘭花發現自己在不由自主地喘著氣，她竭力使自己鎮定下來，沉聲道：「從什麼地方可以獲得這樣的特製瀉劑？」

那兩個人又想笑，可是他們望了望木蘭花的臉色，卻不敢笑出聲來了，他們只是搖著頭。

木蘭花喝道：「說，這和你們也有莫大的關係！」

那兩個人嘆氣，道：「沒有用的，小姐，這種毒藥和瀉劑的處方，除了我們情報局中特殊的幾個人之外，根本沒有人知道，而這兩種藥物，全是在我們國家的首都，情報局大廈的地下室中配製的，小姐，你有什麼方法可以取到手？」

「那麼你們按時得到的瀉劑是從何而來的？」

兩人互望了一眼，似乎在考慮著是不是應該說。

木蘭花提醒他們：「你們兩人也要這種瀉劑來救命，我們是應該徹底合作的。」

「每個月的一日，會有一架飛機——」有紅斑的人終於遲疑地道：「飛到我們使館的城市，這是一架享有外交特權的飛機，由四個人護送著那些瀉劑，因為每一個駐外情報人員，都需要服用它們，下機之後如何處理，我們也不知道了。」

「每個月的一號？」木蘭花有點驚喜。

「是的。」

「那，那是後天！」

「是的，蘭花小姐，如果你能夠設法截住那架飛機的話，你還可以來得及的，可是……」那兩人攤了攤手，「這飛機的駕駛員是第一流的，而且飛機也是特製的！」

木蘭花來回地踱著步，過了五分鐘左右，她才站住了身子道：「這飛機雖然享有外交特權，但是它的飛行路線，當然是要事先通知各地機場的？」

「是的，是那樣。」

「它將在什麼時候降落？」

「晚上九時，小姐，如果等到飛機降落之後再行動，時間已來不及了，你只能在高空之中——唉，事實上，是沒有任何辦法的了！」

木蘭花又來回踱著步，那兩個人睜大了眼望著她，突然，木蘭花打橫跳了出去，竄進了那輛汽車，她幾乎是一進車子，便「砰」地一聲將門關上，同時，踏下了油門，車子迅速地向前衝了出去，在轉了個彎之後，向原路疾駛而出！

那兩個特務在車子一開動的時候，便跟在後面，叫道：「喂，你幹什麼？快停車，你為什麼要將我們兩人拋在這裡？」

儘管他們兩人用盡了吃奶的力氣奔跑著，可是就算他們是第一流的賽跑健將，他們的速度也無法達到每小時六十哩的，而木蘭花卻是以這樣的高速度在向前駛出的。

那兩個特務向前追出了十幾碼，車子便已不見了蹤影，那兩個特務只得停了下來，看他們的情形，他們又要將頭撞樹了！

木蘭花駕著車子向前直駛，她立即駛上了公路，她要回去，回去見方局長！

車子在公路上箭也似地飛馳著，這條新建的公路十分優越，車速可以保持在每小時七十哩而不變，木蘭花預算著可以到達的時間。

她知道，在見到了方局長之後，她必須經受一項打擊，那便是聽方局長親口向她講出高翔的死訊來，這個打擊她是不是承受得起，她也沒有把握！

但是，她卻必須回去，這是她最後的機會了！

她曾經想過在自己最後的日子中遁世，但是這種行動，已帶來了一連串極其惡劣的結果。這些結果使她知道，一定要積極地去爭取勝利！

她的神智漸漸地鎮定了起來，駕車也平穩了。

就在這時候，她看到有一輛和她開來的同型同色的汽車，正在以比她這輛車子更高的速度，向前追趕了上來。

木蘭花在倒後鏡中，可以清楚地看到那輛車子一點一點地接近她，而且，她也看到，那輛車子的牌號，和她這時所用的車子的車牌只差一號！那自然是屬於這一個特務機構的了！

木蘭花立即想到，後面追上來的車子可能一面追，一面在向自己通話，只不過因為自己未曾打開無線電通話器，所以聽不到而已！

木蘭花略看了一看，便找到了無線電，她按下了一個掣。立時便聽到了一個近乎粗暴的聲音喝道：「停止，怎麼回事，快停止！」

木蘭花心中動了一下，她是不是應該停止呢？

看來，後面車子中的人並沒有發現前面車子的駕駛人不是他們的自己人，要不然，也不會發出這樣的命令來了。

木蘭花在奪得車子後，她的心中已經有了一整套的計劃。這一整套計劃是不是行得通，固然是一個問題。但這時候，她如果停下車子的話，那麼一定會妨礙她計劃的進行，可是，這時候她若是不停車的話，看來更加麻煩了！

木蘭花略略考慮了一下，便將車駛向路邊，她迅速地減低速度，車子停了下來，而木蘭花則迅速地爬過了椅背，在車子的後面躲了起來。

她剛一躲起，後面那輛車子也到了後面停下，一個中年人氣沖沖地跳下車子來，來到了木蘭花的車旁，陡地拉開了車門。

他一拉開車門，由於木蘭花躲在椅背之後，所以他看到的乃是一輛空車，他陡地呆了一呆，就在他一呆間，木蘭花已站了起來。木蘭花的手伸向前，因之她手中的槍，槍口離那人的額角只不過一呎多一點。

那人突然一呆，想要縮回去。

木蘭花說道：「如果我是你，我不會亂動！」

5 脂粉陷阱

那人僵立著，木蘭花打開了身邊的車門，她以極快的身法向外閃身出去，她一閃出去，便到了那人的身後，木蘭花一伸手，將那人的手腕抓住，扭了過來，她自己背靠著車子，將那人的身子擋在她的前面，幸虧她這樣做，因為這時，另外兩個人也覺出情形不對，而跳下車子來了！

但是，在這樣的情形之下，那兩個人卻不敢妄動。

那被木蘭花抓住的中年人也連連擺手，向那人道：「別動！別動，抓住我的是什麼人，你們可曾看清楚了麼？」

敢情事情發生得實在太過突然，那中年人連自己究竟被什麼人制住了也未曾看出來。

木蘭花立時冷笑了一下，道：「是我。」

那中年人嚇了一跳，「你是——」

「你還認不出我的聲音來麼？我卻已認出你的聲音來了，你是代號『一號』

職務的，是不是？我沒有料錯，是麼？」

「你……是木蘭花？」

「對了。」

「噢，蘭花小姐，」那中年人的身子略動了一動，但木蘭花緊緊地扣住了他的手臂，卻令得他無法作進一步的動作，「小姐，你這樣子，是沒有好處的，你何不痛痛快快地以電光衣來向我們交換那可以救你性命的瀉劑？這不是我們約定的麼？」

「哼，我看你的上級又要派出一個人來代替你的職務了，我不妨告訴你，那件電光衣早已經被我徹底地毀去了！」

那中年人一呆，叫道：「不可能！」

「許多在你們這種卑鄙的特務認為是不可能的事，實際上是可能的。」木蘭花冷冷地回答，「你願意作什麼樣的選擇？」

「我……我不明白你的意思。」

「我的生命反正只有兩天的期限了，我不必顧忌什麼，而你，卻有著良好的前程，我要一份瀉劑，你應該可以給我的。」

「不能夠，小姐，請相信我，我不能夠。」

「那麼，我只好要你死在我的前面了，你知道，一個生命已到了盡頭的人，行事是不會再講什麼道理的了！」木蘭花輕輕地按下手槍的保險掣。

那輕微的「卡嗒」一聲，令得那特務頭子的面上肌肉抽搐了起來，他忙叫道：「慢……慢，我們可以作另一種……交換的。」

「你還有什麼王牌可以來交換你的性命？」

「有……有的，是高翔。」

木蘭花陡地一呆，一時之間，她實在是難以相信自己的耳朵，那特務頭子在說什麼？高翔？為什麼他竟會這樣講呢？

她連忙道：「你說什麼？」

「高翔，」特務頭子重複著：「將高翔給你，你……放開我。」

「高翔，他，在哪裡？」

由於事情實在太出乎意料之外了，是以一向十分鎮定的木蘭花，在發出那短短的一個問句之際，竟也停頓了兩三處之多。

她一面問，一面還不由自主地四面張望著。

那特務頭子道：「你先答應我，我才說。」

木蘭花深深地吸了一口氣，道：「你是說高翔還活著？」

特務頭子點了點頭。

是的，高翔還活著。高翔之所以能夠活著，那純粹是一個偶然。

在那樣惡劣的天氣中飛行，而又發生了那樣的變故，實在是沒有一個人可以生還的——那意思是說，沒有一個人可以憑自己的努力而獲得生還。

但是偶然的情形，卻是例外。

高翔的情形，就是例外。

當飛機突然跌進霧層之際，飛機根本已完全失去了控制，高翔已全然沒有能力控制飛機了。他的身子猛烈地搖動著，首先掙斷了安全帶，接著，在當他企圖穩定身子的時候，他的肘部重重地撞在一個紅色的掣上。

他的命是拾回來的，那掣是逃生掣！

他的身子在那一剎間，猛地向外彈了起來。

當他的身子彈出飛機之後，飛機繼續向前失去控制地飛去。一分鐘後，當高翔的降落傘已然張開之後，飛機爆炸了。

高翔看到飛機爆炸的火光，也聽到聲響，在寒冷的濃霧之中，他卻直冒汗。

空中失事專家的估計沒有錯，專家的估計是，即使高翔及時按下逃生掣，也是沒有用的，因為飛機爆炸時的力量，也會使他成為碎片的，但是專家卻沒有料到，在飛機爆炸前一分鐘，高翔已出了機艙！

高翔當然沒有因為飛機的爆炸而成為碎片，但是他卻也被爆炸的氣浪湧出了老遠，當他飄飄蕩蕩地降下地面之後，他發覺那是一個山坡。

高翔解下了降落傘，他呆立在那山坡上，在那片刻之間，他甚至還在懷疑自己究竟是不是升天了，那是因為剛才的情形實在太恐怖了！

他呆立了足有十分鐘之久，才肯定了自己沒有死，而且，他還有許多事要做。他考慮到的第一件事，便是先到附近的城鎮去打長途電話給方局長，說明他並沒有在飛機的爆炸中罹難。

但是他又隨即想到，自己的死訊若是傳了出去呢？

如果自己「死」了，那麼，對自己要進行的事，豈不是有幫助得多了麼？高翔立時決定了不出聲，他草草地埋好了降落傘，向前走去。

不多久，他就到了公路上，而且搭到了順風車，令得他稍為麻煩的，是那輛車子是屬於一個又醜又多嘴的老處女的。

高翔英俊的外表，大約引得那老處女「芳心」動了，所以令得高翔剛逃出了死亡陷阱，便幾乎跌進了「脂粉」陷阱之中。

在高翔可以看到一座小鎮之時，他忙不迭地下了車，並且對著車子叫道：

「你最需要的是一面鏡子，小姐。謝謝你！」

高翔在講完這句話之後，若不是走得快，他很有可能被那個老處女撞死了。

他進了那個小鎮，那是一個十分現代化的小鎮，他很容易地便租到了一輛汽車。

駕著租來的車子，高翔向P城駛去，一面駕車，他的心中一面在想：自己「死亡」的消息，大約已經傳開了。在那樣的情形下，P城機場上某方面的特務當然不會再以自己為敵人，而自己去行事，當然也是十分有利的了！

他心中十分焦急，恨不得立時飛到P城的機場，可是，當他快要駛近P城，在經過一條叉路口的時候，他突然看到有兩輛黑色房車自叉路駛了出來，轉進了駛向P城的公路，就在他的車子的前面。那兩輛車子，是同一顏色，同一車型。

高翔的心中動了一動，那兩輛汽車顯然是屬於一個團體的。若是私人擁有兩輛汽車的話，是絕不會同一型，同一色的。

他當然並不知道那兩輛車子是屬於什麼集團的，可是由於那兩輛車子是突然從斜路上切入的，離得他十分近，他看到車子在車尾部分，有兩組無線電的天線。

這種由三根成為一組的天線，是供強力無線電訊號發射和接收用的，連警方也只不過擁有三輛這樣的車子，而且，前面車子的天線還經過偽裝，顯然是不願意被人發現，那麼，這兩輛車子，多多少少是有一點古怪的了！

高翔立即緊緊地跟在後面，他決定，除非那兩輛車子離開了駛向P城的公路，那麼他為了要事在身，自然不能繼續跟蹤，否則，他將一直跟下去。

三輛車子在公路上急駛著，濃霧漸漸地散了，突然，高翔看到前面的一輛車子，後面的車門被打開，一個人直滾了出來。

那個人一滾跌了出來，滾向路邊，立時躺住一動也不動了，而那輛車子，卻突然加快了速度，以時速接近一百哩的速度衝去！

高翔的車子是租來的，那是一輛老爺車，高翔立即知道自己是沒有法子追得上前面的車子了，他連忙停了車，跨出車外，三兩個箭步來到了那跌倒在路邊的人的身邊，那是一個身形相當高大的漢子，這時正攤手攤腳地躺在地上。

他的氣息十分微弱，高翔揭開了他的眼皮，他的眼珠停頓不動，顯然是受了極嚴重的打擊而昏了過去。

高翔在那人的身上略為搜了一下，他沒有發現什麼，高翔負起了那人，將那人拋進車廂，放在車廂後面的那排座位上。

他是什麼人，高翔並不知道，但是由於他是從前面的車子中跌出來，而且還是昏了過去的，高翔便認定那人是一個受害者。

高翔絕不是一個不精明的人，但是他這時正急於趕到P城去，他準備到了P城，仍然將那人留在車廂中，而以電話通知P城警方，來弄明白那人的身分。同時，高翔既然認定了那人是一個被害者，對於一個被害者，他當然是不會過分提防的。

他關好了車門，自己也進了車子，繼續前進。

可是，他才駛出了小半哩，後面便傳來一個冷冷的聲音，道：「謝謝你救了我，高翔先生，想不到居然會是你！」

高翔的身子一震，待要轉過頭來。可是他身後的那人卻已然道：「別動，向前繼續駛去，你跟在我們的後面，那是你在自討苦吃，已經死了的高翔先生！」

那人在高翔的身後，令得高翔處在一個極其不利的地位，但是高翔還是滿不在乎道：「你憑什麼叫我不要動？我搜過你的身子，你身上沒有槍的。」

「可是你未曾搜我的鞋跟，你可以在倒後鏡中看到我手中所握的槍——它雖然小，但是卻足夠使子彈在你的後腦射進去，而在前腦穿出來。」

高翔抬高了眼睛，他看到那傢伙手中握著的，是一柄只可以發射兩粒子彈的小手槍，這種小手槍實在是太像玩具了，但是它卻又是真的可以殺人的。

高翔苦笑著，道：「你們是誰？」

「別多問。」那人簡單地回答。

車子繼續向前駛著，不一會，便到了另一個叉路口上，高翔身後的那人命令道：「向右轉。」

「我要到P城去，」高翔抗議，「有不能耽擱的急事！」

「向右轉。」那人繼續道。

高翔無可奈何地向右轉出，駛出了不久，他就看到前面停著兩輛黑色的車子，那正是剛才他要追蹤的那輛車子。

高翔停下了車子，立時有三個大漢自路邊跳了出來，打開了車門，高翔在幾乎無法抗拒的情形之下，出了車廂。

才一出車廂，高翔猛地一低頭，便向前撞了出去。

他的頭部是如此沉重地撞中了其中一人的腹部，以致他清楚地聽到空氣自那人口中逼出來的怪聲。

但是，在撞中那人腹部的同時，高翔的背部和後腦也捱了重重的一下，那兩下打擊，使得他整個身子仆倒在地。

高翔連忙在地上打了一個滾，他右手撈住了一隻足踝，猛地一抖，一個人殺豬也似地叫著，重重地跌了下來，但高翔的後腦又挨了一腳。

那一腳，令得本來已可以一躍而起的高翔喪失了躍起身來的力道，他伏在地上喘著氣，只覺得眼前人影浮動，金星亂迸。

接著，他聽到了一個冷冷的聲音道：「高先生，在如今這樣的情形下還想抵抗，那是再愚蠢也不過的事情了！」

高翔勉力撐起上半身來，又過了好一會，才看清站在面前的是一個中年人，除了有兩個人蹲在地下之外，另外還有一個人圍在他的身邊。

高翔的雙手突然發力，他的身子，如同美洲豹一樣突然地彈了起來，向前撲去，但是他這一撲，卻沒有撲中目的。

他的腰際又重重的中了一拳，那一拳，令得他的身子打橫直跌了出去，高翔在百忙之中回頭一看，看到打他的那人，額上有一塊紅斑。

他沒有機會再動手和出聲了，三個大漢擁了上來，他們的動作是如此之熟練，幾乎只在兩分鐘之內，他們已將高翔的口用膠布緊緊地封住，而他們又將高翔的手足用電線綁了起來。

那中年人走近了兩步，笑道：「高先生、你將會有一個長途旅行——那不會是一趟愉快的旅行，因為你將被當作貨物一樣地被運到我們的國度中去，希望在到達之後，你肯和我們合作，那麼，你將會有一個愉快的結果，你可以加入我們的工作？」

高翔全然無法動彈，也無法出聲。

那中年人「哈哈」一笑，道：「抬他進行李箱去。」

「是——」兩個大漢答應著，將高翔抬了起來，放進一輛車子的行李箱中，將行李箱的蓋蓋好。

那中年人轉過頭來，向臉有紅斑的人和另一個人道：「你們兩人已經出了一次毛病，還損失了一個人，在Ｐ城機場，你們可不能再出毛病了。」

「是！」那兩人十分惶惑地回答。

他們實在不能不惶恐，他們就是穆秀珍遇到的三個人中逃脫了的兩人，他們在逃脫之後，用無線電和他們的上司聯絡上了之後，再繼續到Ｐ城機場去的。

「如果你們這次仍辦不好，」那中年人十分陰森地笑了笑，「那麼結果怎樣，我想你們兩個人，一定是非常瞭解的！」

那兩個人面色發青，連聲道：「是！是！」

「好，那你們就去，我們在這裡等候，你回程的時候經過岔路。我們會駛出來，和你們會合的，你們聽明白了麼？」

「是，聽明白了！」

那兩人齊聲回答著，還互望了一眼。他們的心中，這時候其實正如同十五個吊桶打水一樣：七上八下，他們絕無把握完成這次任務，因為他們已失去了那份瀉劑。

但是他們卻不敢將這個情形向他們的上司坦白，因為一講了出來，他們的命運便立即被決定，如今，他們至少還可以去碰碰運氣。

如果他們可以將電光衣從木蘭花的手中取回來的話，那麼事情便不會有什麼嚴重了。可是這兩個人的運氣，卻差到了極點！

他們非但未曾在木蘭花的手中得到什麼，反而被木蘭花棄在那小湖邊上，他們的車子也被木蘭花駕走了。

但是木蘭花卻不知道，另外有一輛車子在叉路口，等著和那兩個人會合，所以，當她駛過岔路，那輛車子跟在後面的時候，木蘭花還未曾在意，直到那車子緊隨不捨，她才知道事情有些不妥！

那特務頭子重複地道：「你答應了，我才說高翔在什麼地方，我給你高翔，你一定要放開我，你必須答應這一點！」

木蘭花在突然之間感到眼眶十分潤濕，高翔沒有死，而是落到了這幫特務的手中，如果能夠使高翔恢復自由，這代價對自己來說，不是太合算了麼？是以她忙點頭道：「好！」

一個大漢叫道：「中校，她的答應是靠不住的。」

「混蛋東西，那你們要我怎麼樣？」

那人提醒他，本是好意，可是卻捱了罵，自然不敢再出聲了。

被稱為「中校」的特務頭子厲聲道：「快將高翔抬出來。」

「是！」那三個人答應著，將高翔從行李箱中抬了出來，又七手八腳地將高翔身上的電線和口中的膠布弄了開來。

「高翔！」木蘭花一看到高翔，已忍不住叫了出來。

那時候，木蘭花在外表上看來雖然是一個中年婦人，但是高翔一出了行李箱，當他的眼睛適應光亮之後，他立即認出那是木蘭花了！

他口上的膠布一被除去，便也叫道：「蘭花！」

兩人在這一下叫聲之中，不知蘊藏了多少感情在內！

高翔立時要向前衝來，但是他的背後卻有兩柄槍對住了他，同時，那兩人發聲警告：「站著，別動。」

「你命令他們放開高翔！」木蘭花立即吩咐。

「你先放開我！」

「不，你命令你的手下離去，我自然會放開你的。」

特務頭子吸了一口氣，道：「這樣我不是太吃虧了麼？」

「我保證你生命安全，我一定會放開你的！」

特務頭子道：「好，你們離開這裡，快！」

那三個人遲疑了一下，並不移動身子。

「快離開……」特務頭子怒吼著：「不服從命令的人會有什麼結果，你們不知道麼？」

那三個大漢狼狽地答應著，一齊退開了幾步，進了一輛車子，那特務頭子又叫道：「快，快遠遠地離開，別留在這裡。」

那輛車子開動了，以極快的速度向前駛去。

高翔向前奔來，木蘭花用力一推，將特務頭子推開，她的雙手和高翔的雙手緊緊地相握著，高翔焦急地問道：「蘭花，你怎麼了？」

木蘭花只是黯然地搖著頭。

高翔只覺得心中生出了一陣如絞的痛苦，他還待說話，可是他才張開了口，突然之間，在他的腳旁，傳來了「轟」地一聲響。

隨著那「轟」地一聲響，一股濃煙直冒了起來。

那股濃煙在冒了起來之後，迅即化成了一大團，將木蘭花和高翔兩人包住，在剎那間，根本看不到他們兩個人怎麼樣了。

那蓬濃煙，是由一粒鈕子爆炸後所生出來的，那是化學煙霧，足以使吸入極少這種煙霧的人在極短的時間內昏迷不醒。

而那粒鈕子，則是那個被木蘭花推出，跌在地上的特務頭子悄悄地拋出來的。

當煙霧漸漸地消散之後，木蘭花和高翔兩人都昏倒在地上，特務頭子獰笑了一下，打開車門按下了無線電通訊儀的掣道：「我是中校，我已取得了勝利，你們快回來！」

三分鐘之後，剛才駛開去的那輛車子又駛了回來，那三個大漢將木蘭花和高翔兩人分別放進了車子的行李箱，才疾駛而去！

等到木蘭花又漸漸有了知覺的時候，她只覺得極度的口渴，口渴得使她忍不住呻吟了起來，她立時張大了眼睛，想弄明白自己身在何處。

但是，眼前卻是一片漆黑，什麼也看不到，木蘭花向自己的足部摸去，她摸到了自己的鞋子，在鞋後跟中，取出了一支小電筒來。

可是，她還未下手按亮那支小電筒，突然之間大放光明了，那突如其來的光線是如此之強烈，以致在剎那間，木蘭花完全看不到什麼。

等她的視覺可以適應光線的時候，她看到高翔也正以迷惑的眼光望著自己，他們兩人都坐在一張寬大的單人沙發之上。

那是一間相當舒適的房間，但是卻不大，而且，那和普通的房間不同，它四面全是鋼板，而且，窗子是圓形的，只有一個。

這看來像是船的艙房！

他們是在船上？

他們已昏迷了多久？

對於後一個問題，木蘭花倒是可以約略地知道的，他們昏迷的時間絕不會超過兩天多的，因為木蘭花還活著，沒有死。

高翔和木蘭花兩人立時站了起來。

可是，還不待他們兩人走近，便聽到「中校」的聲音自天花板的一角傳出來，冷冷地道：「兩位，別再演出愛情文藝大悲劇中的場面了！」

高翔和木蘭花都呆了一呆。

6 蝕本生意

高翔立即憤怒地道：「你要怎樣？」

「中校」桀桀地怪笑了起來，道：「木蘭花，你毀去了電光衣，這件事，使得我們蒙受了重大的損失，你想活下去，只有一條路可走！」

木蘭花只是「哼」地一聲，並不說什麼。

「我必須先提醒你，」中校繼續道：「你的生命期限是四十七小時，那也就是說，只有兩天欠一小時的時間了。」

「多謝你。」木蘭花冷冷地回答。

她看來似乎滿不在乎，而高翔卻沉不住氣了，他立即問道：「有什麼辦法？你說。」

「高翔，何必多問，他自然是想將我們拉進他的組織之中，做一名特務！」

木蘭花不等「中校」出聲，便先講了出來。

「是的，」中校立即接上了口，「要你們——你們三個人，東方三俠，全都接受我們的命令，在我們的指揮之下行事。」

高翔轉過頭來，向木蘭花望了一眼。木蘭花立時明白了高翔的意思，高翔的意思是：可以考慮假裝答應「中校」的要求，然後慢慢再作脫身的打算。

但是木蘭花卻搖搖頭，高翔又攤了攤手，表示他不明白木蘭花何以不同意。

木蘭花苦笑了一下，揚聲道：「中校，你想我們會做這種蝕本生意麼？如今只不過我一個人吞服了毒藥，如果答應了你，豈不是要三個人一起吞服毒藥？」

「可是，你們卻可以定期得到解藥。」

木蘭花不再說話，她只是抬眼向高翔望了一眼，她並沒有出聲，但是高翔也明白了，她是在問：「如今你可明白麼？」

高翔明白了。那是無法偽裝的，如果他答應了替他們做特務，那就必須吞服那種毒藥，而一旦吞服了那種毒藥，那是一世要受他們的控制了！

高翔不再出聲了。

「中校」又道：「你們三人是大享盛名的人，替我們做事，我們當然也會給你們以特殊的待遇，你們平時生活全然可以不受干擾，只要在必要的時候接受命令，完成任務，就可以了，當然，每完成一次任務，都有豐厚的獎金的。」

高翔和木蘭花兩人都不出聲。

「中校」笑了起來，道：「你們平日也不斷地在進行著冒險，我實在看不出，你們接受了我的條件，會有什麼不同。」

「對的，」木蘭花冷然道，「我們平日不斷在冒險，但是我們的冒險卻是為了正義！」

高翔向木蘭花走近了一步，對著「中校」聲音的來源，道：「你聽清楚了沒有？我們平日雖在冒險，但卻是為了正義。」

「正義？」中校仍然笑著。

「不必和他說，他是不會懂的。」木蘭花凜然說。

高翔冷笑一聲，轉過了身來。

「兩位，我們不會再來勸你們的了，但是我卻願意再次提醒你們，木蘭花小姐，你的生命只有四十七小時了，而高翔先生，據說你是十分愛木蘭花的，那也好，你可以看著她死去——這在作家或是電影編劇家的眼中，或者是很好的愛情及文藝大悲劇哩！」

「中校」的話講完之後，便聽到「啪」地一聲響，那是對講機鬥掣的聲音。

高翔慢慢地抬起頭來，向木蘭花望了過去。

木蘭花緊鎖雙眉，坐著。

但是過不了多久，她突然站了起來，向前走出了幾步，背靠著艙房的一角，她的行動引起了高翔的注意，高翔轉到了她的身前。

只見木蘭花的口唇在掀動著，但是卻聽不到她有聲音發出來，高翔立即明瞭，木蘭花是用「唇語」在和他通消息。

他專心地注意著木蘭花唇部的動作，他看出木蘭花是在說：現在，我是背對著隱藏的電視攝像管的，他們將只看到我的背部，不知道我是和你在商議，你不必回答我的話，即使使用唇語也不可以，必要的話，你也要很自然地到我現在所站的這個位置來，那樣，才不致引人起疑。

高翔微微地點著頭，表示他已明白了。

木蘭花又掀動嘴唇，說：我們必須逃出去。

高翔苦笑了一下。他的動作已等於在講話，他是在反問木蘭花：當然最好逃出去，可是如何可以逃得出這個船艙呢？

木蘭花又在說著：我們要做戲，我想，我所吞服的這種毒藥雖然是定時的，但決定時間快慢的，並不是什麼準確的機械，而是要視胃酸對藥外層的腐蝕而定的，我的胃酸分泌可能特別多，那麼，毒性提早發作也不是不可能的事。

高翔又點了點頭。

木蘭花又說：我過幾分鐘之後，就假裝痛苦，昏厥，而你則要表演得逼真些，務必將那個被稱作「中校」的傢伙引進來。

木蘭花一講完那幾句「唇語」，便立時踱了開去，在一張椅子上坐了下來，那時，她的臉又對準電視攝像管了。

高翔來回地踱步著，裝出焦躁不安的情形去搖著門，當然，他是不能將門拉開的，他裝著全然不將注意力集中在木蘭花身上的樣子，然後，突如其來地，木蘭花發出了一聲尖叫。

木蘭花在發出那一聲尖叫之際，已屏住了氣息許久，是以她的面色看來十分異樣。

高翔轉過身來，叫道：「蘭花。」

木蘭花並沒有回答他，只是將身子縮成了一團，同時，發出了可怕的呻吟聲。高翔急急地向前奔來，甚至撞倒了一張椅子。

他撲到了木蘭花的前面，怪叫了幾聲，木蘭花的呻吟聲則越來越可怕了，高翔扯著自己的頭髮，擁緊了木蘭花的身子叫著，哭著。

突然，他跳了起來，衝到剛才「中校」傳來聲音的那個角落，雙拳用力地撞著艙壁，叫道：「派一個醫生，快派一個醫生來。」

他雙拳打之不中，又抄起了一張椅子來，在艙壁上用力地撞著，發出可怕的「砰砰」聲來，不到一分鐘，便聽得「中校」道：「你們在做什麼？」

「快派個醫生來，快！快！」高翔撕心裂肺地叫著，又撲回到木蘭花的身上，叫道：「蘭花，蘭花，他們不是說還有四十七小時的麼？」

「木蘭花，高翔，你們別玩弄花樣了，定時的毒藥是絕不會提前發作的。」中校斥道：「你們這樣胡鬧，絕無好處的。」

高翔陡地一呆，但是他立即決定，既然已開始做戲了，那就一定得做下去，他厲聲道：「你別多廢話，你快派一個醫生來，你看不到她的情形不對麼？」

木蘭花的身子開始在地上打起滾來，高翔則緊緊地抓著她的手，一面聲嘶力竭地叫著，過了足足有三分鐘，才聽得中校的聲音。

中校吩咐道：「派一個醫生去，帶四個最有用的人，千萬要小心，這兩個人是極度危險的人，千萬要加倍小心。」

高翔和木蘭花在一剎間，交換了一個眼色，他們無法知道自己的計策是不是行得通，因為對方太看得起他們兩人了，對方將派四個人陪著醫生一齊來，他們該怎辦呢？

他們該怎麼辦，那是全然無法在事先商量的，只有到時隨機應變，而且，他們的「戲」，也必須十分逼真地「演」下去。

他們仍然演著「戲」，直到艙門被打開，高翔一躍而起，叫道：「誰是醫生？」

一個瘦削的中年人應聲道：「我是！」

他並不跨進艙來，先跨進艙來的是兩名彪形大漢，他們的手中全執著手槍，指向高翔，喝道：「轉過身去，靠牆而立！」

高翔怒道：「不！」

「如果你不服從命令，我們立即退回去。」

高翔對兩人怒視了半晌，然後才向前走出幾步，面對著牆角，背對著房間站定。高翔選定這個位置，是有原因的。

這個位置，就是適才木蘭花背對著它講「唇語」的那個位置，是電視攝像管的所在處。

高翔知道，電視攝像管不論被安放得多麼巧妙，但是有一點，卻是不可避免的，那便是：它的鏡頭必然露在外面，如果不是這樣的話，電視攝像管根本不可能攝得任何景物，而鏡頭是可以聚景和反光的，高翔如果對準電視攝像管，固然他腦部的特寫鏡頭將出現在監視者的電視螢光幕上，但是他也可以借鏡頭的反光看清艙中的情形。

而且，高翔在走向前的時候，右足在一張椅子腳上勾了一勾。那一勾，使椅子移動了呎許，到了他的身旁，伸足便可以碰到。

那樣的話，他的雙手雖然放在頭上，在必要的時候，他可以將在身邊的那張椅子疾踢出去，才一站定，便看到了稍稍凸出在外的電視攝像管鏡頭。

同時，不出他所料，他也看到了艙中的情形。

當然，從球形的鏡頭上反射出來的人，全是比例不相稱而彎曲的，但是船艙中大致的情形如何，他總是可以看得出來的。

他看到兩個人一左一右，握住了槍，就在他身後。而那個醫生，則走了進來，提著藥箱。

在那個醫生的後面，還有兩個漢子跟著，也都握著槍，那兩個大漢手中的槍，對準了在地上縮成一團的木蘭花。

對方所作的防備，可以說再嚴密也沒有了！

高翔吸了一口氣，他繼續叫道：「醫生，你必須救她，你必須用一切方法救她，只要她得救，什麼條件我都可以答應的。」

那醫生冷冷地道：「你現在來講這些，只怕已遲了！」

「不能遲，絕不能遲！」

在高翔的叫聲中，他看到那醫生俯下身去，抓住了木蘭花的手腕。在那一剎間，高翔的心中實在是緊張到了極點。因為他知道除非木蘭花不想發動，而要發動的話，定然是這時候了，所以，他的右足伸開了些，勾住了他的身邊的椅子。

果然，就在那醫生握住木蘭花的手腕之際，只聽得他突然之間尖叫了起來，高翔未能看清究竟是發生了什麼事，但是他卻也可以猜想得到，那一定是木蘭花在伸手反抓住了醫生的手腕，是以他立時一揚腳，將那張椅子疾踢了起來！

在高翔踢出那椅子的同時，那醫生怪叫了一聲，整個人都被木蘭花拋了起來，高翔的身子猛地向後倒去，著地便滾。

這時候，槍聲響了，但是子彈卻在他的身上呼嘯著飛了過去，他踢出的椅子撞中了一人的面門，令得那個大漢手中的槍跌落在地上，而當高翔滾過去的時候，他已找到了那柄槍，他立時發了兩槍，那兩槍射中了另一個大漢。

那個大漢雙腿中槍，身子倒了下來，剛好碰上高翔身形挺起，順勢在他的下頷上加了一拳，那大漢仰天跌倒，手中的槍也到了高翔的手上。

而木蘭花拋出的那個醫生，重重地壓在另一個人的身上，兩個人一齊倒地不起，另一個人一見到猝然之間發生了這樣的變化，嚇得呆了！

木蘭花一躍而起，右手在那人的手腕上用力切下，左手一接，已將那人鬆手跌下的手槍接在手中，同時，她足尖一挑，將另一個人跌下的手槍也挑了起來，接在手中。

這時候，他們只聽得「中校」發出了一陣狂怒的吼叫聲來。

他們也不及去聽「中校」在吼叫些什麼，只是衝出了艙房。

他們不但衝出了艙房，而且，手中有四柄槍，可以說和剛才不大相同了！

但是，一出了艙房，他們便不禁一呆！他們真的是在海上！

那是一艘小型的軍艦，他們的艙房之外是一條狹窄走廊，在走廊之外，便是船舷了，他們可以看到一望無際的海水。

高翔又向前放了一槍，兩人不約而同地一齊竄過了那條走廊，來到甲板上，他們立即向船舷奔去，在一艘救生船後躲了起來，他們的身後是海，前面是救生船，暫時，他們總算喘了一口氣，但是也不過是喘一口氣的時間而已！

大批武裝人員湧了出來，高翔和木蘭花兩人一齊放了兩槍，他們槍無虛發，四下槍響，便有四個人倒在甲板上了。那批人不敢再向前逼近，只是伏下，放槍。

救生船的船身上，出現了蜂巢也似的槍洞，木蘭花和高翔兩人並不露出身形來，只是躲著不動，而那批人已然領教過了他們的槍法，也不敢逼近。

在僵持之中，只聽得通過擴音機，中校惡狠狠的聲音傳了過來，道：「我限你在五分鐘之內，放下武器走出來！你們是絕對無生路的。」

高翔和木蘭花兩人都不出聲。

但是，他們立即聽到一陣噪耳的「軋軋」聲，同時，他們看到了一架小型的直升機，自甲板上迅速地飛了起來。

高翔低聲道：「蘭花，我們怎麼辦？」

木蘭花緊盯著那架漸漸飛高的直升機，道：「你想，他們飛出這架直升機來，目的是什麼？」

「當然是飛到我們的背後，在我們沒有掩護的情形下，向我們襲擊。」高翔急急地說著，又不由自主地望著海面。

他望著海面，心中自然是想，與其在船舷上作毫無希望的掙扎，不如跳下海去，固然同樣危險，也好過死在敵人的手中！

但是，出乎意料之外，木蘭花卻道：「我們有救了！」

高翔陡地一呆，他還未曾發問，便聽得木蘭花問：「你看直升機上有幾個人？」

「兩個。」

「對了，當直升機飛到我們的背後時，我們同時放射，一人瞄準一個，務必要令他們一槍斃命。」木蘭花仍聚精會神地望著那直升機。

「那又怎樣呢？不過使直升機墜毀而已。」

「是的，直升機會跌入海中，我敢斷言，直升機上一定有著海上救生設備，我們隨即跳下海去，得救的機會就多了！」

高翔點了點頭。

這時，五分鐘已過去了，前面的槍聲又密集了起來，直升機已飛得很高了，而且在空中作了一個盤旋，斜斜地向他們衝來。

在前面，也有人想衝過來，木蘭花和高翔看來是在全神貫注地對付著面前的敵人，他們又連射倒了六七個人。

然後，幾乎是突如其來地，他們陡地轉身，各人向直升機發出了一槍，他們清楚地看到，直升機中的兩個人都身子一側！

那個直升機中的機槍手在中了一槍之後，還掙扎著按下了槍機，可是，那一排子彈非但未曾射中兩人，反倒幫了他們的大忙！

那一排子彈，全都射在他們前面的甲板上，令得幾個不畏死，正在衝過來的人，立即屍橫就地，而別人則一齊向後退去。

此時，直升機的機身一側已向海跌去。木蘭花和高翔兩人身子也向後一仰，他們的身子，在離海面約有二十呎的船舷上，向下直跌了下去，同時跌進了海中！

他們能夠生存，全靠他們跳下海去的時候，是在艦首的部分，所以他們一到了水中，便立時被艦首激起的浪頭，衝向外去。

如果他們是在艦尾部分跌下海去的話，那麼他們唯一的遭遇，便是被艦尾部的車葉捲進去，絞成粉碎，是絕不能生還的！

他們兩人在水中翻滾著，手拉著手，高翔只覺得木蘭花將一根小小的管子塞進了他的口中，那是如鋼筆大小的管裝壓縮氧氣。這樣一支氧氣，大約可以使他們在水中支持七分鐘。

在最初兩分鐘之內，水花亂轉，根本什麼也看不到，接著，海水漸漸地平靜了下來，高翔看到已沉到了海底的直升機！

同時，他也覺出，木蘭花的身子正在向上浮去。

由於他們一直是手拉著手，是以木蘭花的身子向上浮去時，高翔的身子也被拉向上，高翔心中奇怪，連忙向上看去，只見木蘭花的口中並沒有壓縮氧氣！

木蘭花只有一管壓縮氧氣，但是她卻將之給了高翔，所以她自己的身子因為缺氧氣的緣故，而在向上浮去！

當高翔看清了這種情形的時候，心中不知是什麼滋味！

他連忙將那管壓縮氧氣取了下來，放到木蘭花的口中，木蘭花望著他，立時向他做了一個手勢，兩人一齊向那架直升機游去。

幸而那架直升機就墜在離他們不遠處，也幸而這裡的海水不深，直升機擱在一叢極之美麗的珊瑚礁之上，誰都知道，有珊瑚礁的地方，海水是最清澈的，所以他們可以認定了目標筆直地向前游去，直升機就像是停在珊瑚礁上一樣。

直升機中的兩個人已經死了，但是他們的身子還留在機艙之中，自他們的屍體上有一股鮮紅的血，向上緩緩升了起來。

在碧綠的海水中看來，那兩股鮮血十分奇幻觸目。

木蘭花和高翔兩人輪流地使用著那管管裝壓縮氧氣，他們游到了直升機之旁，不出木蘭花所料，他們立即看到了一只橡皮艇。

那只橡皮艇是未曾充氣的，但是木蘭花一眼便看出，這是軍用的救生橡皮艇，只消拉動一個氣栓，便會自動充氣。而且，這一類的橡皮艇，都是附有可供四個人一星期食用的水和食物的。

他們如今只有兩個人，那就是說，他們至少可以在海上渡過半個月了。高翔在直升機艙中，拉出了那只疊成方形的橡皮艇。

木蘭花也游進了艙中，她找到了兩副水肺。

當高翔要去拉橡皮艇的氣栓之際，木蘭花阻止了他，而將水肺向他推去，水肺的兩大筒壓縮氧，是全然未曾使用過的。

高翔將氣嘴含在口中，背上了兩大筒壓縮氧，木蘭花也在使用著水肺了，她伸指向海面上指了一指，高翔明白她的意思，是說這時候便浮上海面去是不安全的，因為那艘軍艦可能還在上面巡弋，但是「中校」不會派人下水來找他們麼？

高翔將他心中疑慮的事情用手勢表達了起來。

木蘭花向前指著，高翔向前看去，在珊瑚礁的前面，乃是一大叢極其濃密的水藻，在水藻的後面，似乎還有著海底的礁石。

高翔立時明白了木蘭花的意思，他們一齊向前游了過去，他們鑽進了水藻叢中，又繼續向前游去，來到了一個岩洞之中。

他們游進了那個岩洞，才停了下來。

岩洞中十分陰暗，他們躲在岩洞的一角，更拉了很多水藻遮在身上，他們向外望去，隱約可以看到洞外的情形。

只不過五分鐘左右，他們便看到，至少有十具水底潛航機在洞前駛過，每一具潛航機上，都伏著一個持著可以在水中發射的武器的漢子。

而木蘭花和高翔兩人卻連一點武器也沒有！

他們除了躲著不動外，絕沒有第二個法子！

7 求婚

木蘭花和高翔的手仍然緊緊地握著，他們的「水肺」大約可以供給四小時的氧氣，為了節省起見，他們屏著氣，到了實在忍不住的時候，才吸上一口。

在岩洞之外，不斷有潛航機經過，終於，有一艘潛航機，穿過水藻，向岩洞駛來了，到了岩洞口，潛航機上的那人取出一根火棒，在岩石上擦了一下，火棒立時燃了起來。

那人控制著潛航機，向前駛了進來，那岩洞相當深，木蘭花和高翔兩人並不是躲在岩洞的最深處，當潛航機自他們兩人的身邊經過之時，高翔幾乎沉不住氣了，但木蘭花卻緊緊地將他按住，他們兩人都緊緊地屏住了氣，一動也不動。

過了一會，那潛航機又駛了出來。

那人兩次在他們兩人的身邊駛過，但由於兩人偽裝得好，所以那人並沒有發現他們，當那人駛到洞口之際，另外有三具潛航機也到了洞口。

可是，那三架潛航機並沒有再進洞來，和剛從岩洞中駛出去的那輛一齊駛走了。木蘭花和高翔直到這時，才敢略鬆了一口氣。

他們仍然躲在洞中，漸漸地，洞中更黑了，連外面也黑了起來。最後，他們的眼前只看到一片漆黑，黑夜已來臨了。

他們也不知道究竟在岩洞中潛伏了多久，但是他們可以知道的是，水肺中的氧氣已經快要用完，他們必須浮出海面去了。

他們撥開了身上的水藻，慢慢地游出了岩洞，海水之中十分沉靜，看來「中校」已放棄搜索了。他們向上浮了起來，終於，出了海面。

海面之上，也是一片寧靜。

他們兩人吐出了水肺的氣嘴，高翔高興地叫道：「蘭花，我們逃出——」

他本來是想說「我們逃出來了」的，可是，他突然地住了口，從這時的天色看來，他們在海水中至少已伏了七八個小時。

那也就是說，木蘭花僅有的生存時間，也已減少了七八個小時，她只有四十小時，或者不到四十小時可以生存了！有什麼值得歡呼的呢？

高翔突然不開口，反倒是木蘭花道：「是啊，我們總算逃出來了，高翔，你拉開氣栓，我想，我們也該吃點東西了。」

高翔是一直將那橡皮艇挾在脅下的，這時，他用力一拔氣栓，「啪」地一聲，橡皮艇迅速地膨脹了起來，成為一個橢圓形的小艇。

那是可以收容四個人的小救生艇，他們兩人爬上了艇，木蘭花笑著，指著艇尾部分，道：「你看，有密封的食物和罐裝的水！」

當他們兩人躲在海水中的時候，高翔忍受著極度的痛苦，只想有一口清涼的水喝就滿足了，但是這時，當木蘭花拆開了封袋，將一罐七盎司的食水交到他面前時，他卻不想喝了，他只是望著木蘭花。

木蘭花像是根本不知道高翔在望著自己一樣，她撕開了罐頭，大口大口地喝著清水，然後將空罐拋到了海中。

高翔只覺得一陣陣的絞痛襲上心頭，他叫道：「蘭花！蘭花！」

木蘭花轉過頭來。在星月微光之下，這時候木蘭花的臉龐實在相當難看，她頭髮散亂，因為在水中久了，臉上有些浮腫，嘴唇更是慘白色的。

但是，在高翔的眼中，木蘭花仍然是最美麗的女子，他癡癡地望著木蘭花，木蘭花掠了掠頭髮，道：「唉，你怎麼不喝水啊！」

高翔仍然呆望著她，心中想：難道她是忘記了她自己的生命只有四十小時了麼？她當然是不會忘記的，她只不過是不想使自己難過！

高翔越是這樣想，心中越是難過，他移動了一下身子，到了木蘭花的身邊，嘴唇動著，道：「蘭花，我……我……蘭花，嫁給我！」

木蘭花一呆，突然淒然地笑了起來，道：「高翔，我們全不是小孩子了，何必講這種孩子氣的話，快喝吧，你會支持不住的。」

「蘭花，你說得對，」高翔激動地說：「我們全不是小孩子了，我說的不是戲言，蘭花，嫁給我，答應做我的妻子。」

木蘭花陡地轉過頭去，她生硬地道：「不，我拒絕你。」

「為什麼，蘭花，為什麼？」

「你是知道為什麼的。」

「我不知道。」

「別孩子氣了，你看，我們的四周圍全是海洋，我是完全沒有希望的了，你……非要逼著我講出這句話來不可麼？」

高翔伸手圈住了木蘭花的肩頭，道：「不，蘭花，我絕沒有那樣的意思，我的意思是說，我們至少還有這四十小時！」

「高翔！」木蘭花的聲音更生硬了，「我們不是在演戲，你也不是頹廢派的詩人，你想怎樣，去學那些無知的少男少女弄什麼殉情的玩意兒麼？」

高翔並不回答，他只是用雙手緊緊地捧住自己的頭。

「我不答應你的求婚！」木蘭花再一次回答，她順手拿起一包用蠟紙密封的食糧來。

但是，當她一拿起那方形的密封包時，她便覺得那包裹異乎尋常的沉重，她的手不由自主地一鬆，那包東西跌落在橡皮艇上，她忙又道：「高翔。」

高翔抬起頭來，道：「蘭花，可是你答應我了？我們可以做四十小時夫妻，明月和海水是我們的證婚人，我們的婚姻——」

「別吟詩了，」木蘭花打斷他的話頭，「快拔開看看，這是什麼，我猜一定是一具無線電通訊儀，我猜一定是的！」

木蘭花興奮得聲音也走了樣。

高翔也不再「吟詩」了，他用力地撕開了蠟紙封，裡面是一個經過火漆密封的鐵盒，撬開了盒蓋之後，正如木蘭花所料，那是一具有著良好電源的無線電通訊儀！

高翔連忙抬起頭來，道：「我們——」

可是，他只叫出了兩個字，便不再說下去了。

因為，有了無線電通訊儀，有救的是他，而和木蘭花是無關的。只要無法獲得那種特製的瀉劑，木蘭花不論在什麼地方，都難以活命的！

他的雙手陡地舉起了那具通訊器，待向海中拋去。

木蘭花一伸手，將那具無線電通訊器自他的手中奪了過來，道：「你瘋了？」

「我一點也不瘋，蘭花，要知道，我根本不想獲救，我只想單獨和你在一起！」高翔說道，他臉上的肌肉痛苦地扭曲著。

木蘭花則已將通訊器的掣打了開來，小心翼翼地校正著儀器上的指針。

高翔苦笑著道：「蘭花，你不必費心機了，我根本不願獲救，我根本不願意被人從海上救起來！」

木蘭花抬起頭來，道：「如果我告訴你，獲救之後，我還有足夠的時間可以取得那特製的瀉劑，來挽救我的生命呢？」

高翔呆了一呆，但是他卻立即搖頭，道：「蘭花，你是在騙我，我怎會不知道，其實……其實你騙我，我也絕不會相信的。」

木蘭花沉聲道：「高翔，你聽著，我講的話是真的，絕對真的，我已經知道，對方定期運送那特殊瀉劑的方法，那是通過一架享有外交特權的飛機運來的，而且，我也知道，這架飛機定期飛來的時間，那也等於說，如果我們在二十四小時內獲救的話，就還有足夠的時間去採取行動！」

高翔蒼白的臉上開始有了一些血色，但是他還是不住地問道：「是真的？那是真的麼？蘭花，你絕不能欺騙我。」

「那是真的。」木蘭花十分簡單地回答著。

高翔立即小心翼翼地放下了那具他剛才在感情衝動的情形下，要將之拋入海中的那具無線電通訊儀，仔細地調弄著。

不一會，通信儀便發出了一陣「營營」聲來，高翔一面緩慢地調節著，一面不斷地叫道：「SOS，SOS，SOS，SOS，SOS。」

那具無線電通訊儀的性能十分好，是收發可以同時進行的，高翔叫了大約十五分鐘，他就聽到了回音。

那是一個男子的聲音在反問：「你是誰，你們在什麼地方？」

高翔和木蘭花兩人高興得緊緊地握住了手，高翔忙回答道：「我們在一艘橡皮救生艇中，我們不知道自己的所在方位。」

「那你們是在什麼地方失事的？」

「我們也不知道，我們的情形十分特殊，請你們使用無線電波偵察儀來查出我們的所在，如果你們沒有這種設備，請轉告別的單位我們遇險了！」

那邊的聲音略停了一停，道：「我們有這種設備的，請你們安心一些，我們會接近你們，我們是輕型艦馬斯基號。」

高翔和木蘭花兩人呆了一呆，這軍艦的名稱使他們覺得事情有點不妙，他們兩人齊聲問道：「你們是屬於什麼國家的？」

可是，那邊卻沒有了回答，高翔耐心等著對方回答，但仍然沒有消息。高翔轉過頭來，道：「蘭花，如果我們聯絡上的艦隻——」

他講到這裡，搖了搖頭，便沒有再講下去。

木蘭花也苦笑了，接下去道：「如果就是我們用盡心機逃出來的那艘艦隻，那就十分滑稽了！高翔，我們必須作一番準備。」

「我們可以做什麼準備呢？」

木蘭花在橡皮艇的艇尾部分尋找著，一面找，一面道：「這橡皮艇的設備十分完美，既然有無線通訊器，我希望有武器。」

「有武器又有什麼用呢？」

「你看，我猜得不錯！」木蘭花像是未曾聽到高翔的話一樣，繼續找著，這時，她已舉起了兩個長方形的密封的箱子來。

她用一柄小刀，將那兩個箱子撬了開來，果然，不出她所料，箱子中是兩挺手提機槍，和相當數量的子彈，木蘭花立即拋了一柄給高翔，高翔將之接在手中，拍上了彈盒。

高翔接過了槍，但他仍然苦笑著，道：「蘭花，你不是想憑兩挺手提機槍和一隻橡皮艇，就去對付一艘軍艦的吧？」

「高翔，剛才你沒有聽到？馬雅斯基號是一艘輕型艦啊！」木蘭花毫不在乎地說著，就像輕型艦只是一片小舢舨一樣地不足畏。

高翔在如今這樣的情形之下，實在沒有法子欣賞木蘭花的極度鎮定和幽默，他只是苦笑著，道：「蘭花，我們究竟怎麼辦？」

木蘭花道：「高翔，別緊張，將事情向最壞的方面去想，你想，如果沒有那具通訊儀，我們只怕要在海上永遠漂流下去了。」

木蘭花這樣一說，高翔的精神才算是振作了些，他揚了揚手中的槍，道：「好，如果來的是敵人，那我們就和他拼了。」

「高翔，你必須先使自己的情緒不激動，能從容地對付敵人，要不然，你一定會失敗的。」木蘭花勸著高翔。

「唉。」高翔嘆了一聲，「我真佩服你！」

木蘭花的心中，苦笑了一下。

高翔說佩服她，那當然是在佩服她的鎮定了，然而這時候，她心中的痛苦又有什麼人可以知道呢？她已經對自己的獲救，不再抱什麼希望了！

但是她卻必須鎮定，她非但要鎮定，而且要極度地鎮定，因為這時不止她一個人，還有高翔在，她自己沒有希望了，但是她卻絕不能讓高翔也同歸於盡，她必須將高翔救出去，所以，她一定要將自己的痛苦隱藏起來。

她必須裝出極度的鎮定，使高翔以為她是有希望獲救的，也只有在那樣的情形下，高翔才會振作起來，使他自己可以逃出生天！

木蘭花轉過了頭去，在她轉過頭去的那一剎間，她的臉上現出了極其痛苦的神情，但是，她卻立即恢復了平靜。

她道：「這具無線電通信儀的電波頻率如果是事先標定的話，那麼它所發出的信號，就只有特定的接收器才可以收得到——如果是這樣的話，那對我們來說是十分不幸的，因為那樣的話，接到信號的馬雅斯基號，一定是我們逃出來那艘軍艦了。」

「那我們的情形也比躲在船舷上的時候好得多了！」

「對的，」木蘭花的心中寬了一些，因為高翔這時的情緒已正常得多，不像剛才那樣衝動了，「而且，我們還有很有利的條件，那便是，不論在向我們駛來的是什麼樣的船隻，它總是不能直接駛近我們的，它將在離我們相當遠的地方停下，再派小艇前來。」

「我知道了，如果情形不對，我們至少可以將小艇先奪下來！」高翔興奮得站了起來，他才一站起，橡皮艇便側了一側。

高翔連忙站穩了身子，也就在那時，他看到前面，遙遠的海面上出現了一個黑點。

他向前一指，道：「看，他們來了！」

那個黑點自然是一艘船，而且，正迅速地在向他們接近，木蘭花和高翔兩人雙眼一眨不眨地望定了那艘船，足足有一小時之久。

從只是一個小黑點起，到他們完全可以看清那艘艦隻的時間，大約是一小時，他們看清楚了那艘輕型艦馬雅斯基號。

那正是他們逃出來的那艘艦隻！

他們襲擊了直升機，在岩洞中躲藏了半天，以為已經可以逃脫了，但是，由於他們犯了一個錯誤，使用了那具無線電通訊儀，因此反而又將那艘兵艦召回來了，這實是令他們啼笑皆非的事情。

當那艘輕型艦離得他們越來越近，只有兩三百碼的時候，他們以為自己生出了幻覺，已然聽到了「中校」的怪笑聲。

但事實上，那卻不是他們的幻覺，他們的確聽到了「中校」的笑聲，中校的笑聲是從那具無線電通訊儀中傳出來的。

這更證明木蘭花的推斷：最壞的事情已發生了，這具無線電通訊儀，實際上，只是一具無線電對講機，它只能和馬雅斯基號聯絡！

木蘭花捧起了那具通訊儀，中校的笑聲停止了，傳來了他得意之極的聲音道：「蘭花小姐，高翔先生，我們又見面了，不，應該說，我又看到你們了！」

中校的話，意思是十分之明顯的，那時候，木蘭花和高翔自然看不到他，但是，他在「馬雅斯基」號上利用望遠鏡，當然是可以看到他們的了。

木蘭花手一鬆，「撲通」一聲響，那具無線電通訊儀便跌進海水之中，「中校」又說了些什麼，自然再也聽不到了。

他們兩人緊緊地握著手提機槍，一齊向前看著，只見馬雅斯基號已在離他們的橡皮艇約三百碼處停了下來，接著，只見接近他們一邊的船上，火光一閃，再緊接著，便是「轟」地一聲巨響，一顆炸彈落在他們左側五十碼處，濺起了十來丈高的水柱。

水柱爆散了開來，海水像驟雨一樣地倒淋了下來，橡皮艇上立時注滿了水，爆炸引起的浪頭，令得橡皮艇可怕地傾覆著。

他們兩人相顧失色，也就在那一陣顛覆過去之後不久，又是一顆炮彈落到了他們的右側，緊接著，前後也各落了一顆炮彈。

一共是四顆炮彈，全是在橡皮艇四五十碼處爆炸的，他們兩人緊緊地抓住了橡皮艇，隨著橡皮艇起落著，海浪幾次將他們吞噬，但他們終於又浮了起來。

等到四顆炮彈飛了過去之後，海面上又恢復了平靜。

高翔和木蘭花兩人已經狼狽之極，他們的身上才乾了一些，這時又一齊濕透了，他們相互望了一眼，高翔道：「這是什麼意思？馬雅斯基號上的炮手，水準未免太差了！」

木蘭花也笑了起來，道：「高翔，你以為他們是想射我們而射不中麼？他們只不過是在示威，事情正如我所料一樣，我們兩人的生命，看來在對方的心目中還十分有價值的呢！他們若是要毀滅我們，何必發炮？只要直衝過來就可以了。」

「你是說，他們會用比較小的艇隻來接近我們？」

「當然是，那四顆炮彈只是在警告我們不可以亂動，我們若是亂動，炮彈是隨時可以擊中我們的，這便是他們發炮的作用，你看！」

木蘭花只講到這裡，便證明她的推斷是正確的了。

因為這時，一艘快艇已向他們駛來。

那艘快艇相當輕便，行駛的速度十分快，幾乎才一繞過馬雅斯基號，便已經接近橡皮艇了，在快艇的艇首站著四個人，另外有兩個人伏著。

那兩個人是伏在一挺機槍之上的，高翔看到了這種情形，搖了搖頭，舉起了手中的手提機槍，海水從槍口中直流了出來，他們的機槍根本也已不能使用了。

「我們站起來，」木蘭花道：「別反抗，上了艇再說。」

高翔點點頭，兩人一齊站了起來。

快艇在接近橡皮艇的時候，減慢了速度，艇首的一名大漢大叫道：「將手放在頭上！」

木蘭花和高翔依言將手放到頭上，快艇慢慢地接近，終於靠住了橡皮艇，那大漢又命令道：「上艇來，不許有任何妄動！」

從快艇上放下了繩梯，木蘭花在前，高翔在後，兩人一齊向快艇上登去。他們在攀登快艇的時候，已看清了快艇上的情形。

那快艇大約有三十呎長，艇首部分是駕駛艙，可以看到有人在掌著舵，而駕駛艙之後，便全是平整的甲板，在甲板上也有三四個人。

在艇首，有六個人，兩個人掌握了一挺重機槍。

快艇上的形勢十分明顯，只要他們兩人可以搶到那挺重機槍的話，他們便可以輕而易舉地控制住整艘快艇了！

但問題卻不在於如何控制整艘快艇，而在於即使控制了快艇之後，如何離去！因為，輕型艦馬雅斯基號就在三百碼之外！

當然，那艘快艇比起橡皮艇來是好得多了，但如果和輕型艦相比，還是小巫見大巫，絕對難以敵得過一艘輕型艦的。

當兩人一齊登上快艇的一剎間，高翔低聲道：「搶重機槍。」

木蘭花道：「先弄清楚艇上有沒有其他的重武器。」

從他們兩人這句簡單的話中可以看出，在攀登繩梯的短短的時間之中，他們兩人所想的事情，是完全一樣的。

他們上了快艇的甲板，那四名大漢立時向他們圍了上來，重機槍的槍口也轉了過來，對準了他們。

木蘭花望著重機槍，笑道：「連重機槍也出動了，為何不將大炮也搬出來？」

那四個大漢中的一個冷冷地道：「你以為我們不會麼？」

木蘭花更進一步地道：「這快艇上有炮？這實在太好笑了，這樣子的一艘快艇，不見得可以單獨作戰吧，要大炮有什麼用？」

那大漢還想講，可是另一個人已阻止他，道：「別多說了，令他們兩人轉過身去，靠在駕駛艙的艙壁上，雙手放在頭上。」

那大漢阻止了另一人的說話，這證明在這艘快艇上，的確是有著其他的重型武器，有重型武器，這對木蘭花和高翔兩人是十分有利的！

有了重型武器，他們自然可以暫時和馬雅斯基號對抗。

當然，他們並不是想以一般快艇去戰勝一艘輕型艦，他們如果以重型武器向馬雅斯基號射擊的話，他們是有利的。

第一，對方不想令他們死去，那是對方要利用他們的才能，希望他們可以加入特務集團，來為特務集團效勞賣力。

第二，馬雅斯基號是一艘由特務控制的艦隻，行蹤必須保守秘密，如今雖然是在公海之中，但是連續不斷的重型轟擊，必然引起過往船隻或飛機的注意，那時，一定成為世界轟動的新聞，中校也必然會受到上級的嚴重處罰！

中校有了這些顧忌，那便是兩人有利之處了。

當然，這一切，都必須先將那快艇搶到手中！

而如何才可以將快艇搶到手中呢？

他們動手的時間也不多了，因為快艇一開動，幾乎不要一分鐘，就可以回到馬雅斯基號的旁邊，那時，他們便沒有機會了！

他們必須立即發動！

8 身在險地

木蘭花和高翔兩人交換了一下眼色，兩人的心中全是一樣的主意，兩人裝著順從地向前走去，雖然他們一直將手放在頭上，但是那四個大漢還是不敢接近他們。

木蘭花走在前面，她故意裝出疲乏不堪的樣子，身形不穩，在她走到離那一挺重機槍還有六七呎距離的時候，她的人突然跳了起來！

她逕向那挺重機槍撲了過去！

她的行動是如此之突然，如此迅速，如此大膽，那是任何人所料不到的，她的身子撲在重機槍之下，立即轉了轉，將守在重機槍旁的兩個人踢得向外滾了出去，她立時一翻身，已然握住了重機槍的槍身，叫道：「好了，誰也別動！」

那四個大漢呆住了，駕駛艙中的幾個人也呆住了，甲板上的人也都呆若木雞。只有高翔一人「哈哈」笑了起來。

他迅速地在四人的身邊轉了一轉，將四人身上、手上的武器全都繳了下來，木蘭花掌握了重機槍，控制了整艘快艇，還有誰敢亂動?!

高翔繳下了那四人的槍，又喝道：「跳下海去，甲板上的人全跳下海去，一，二，三，跳！」

他「砰砰」地放了兩槍，甲板上的人和那四個大漢一齊忙不迭地跳到了海中，而高翔也已奔上了駕駛艙，他揚起槍柄，先將兩個人擊昏。

然後，他才以手槍指住了掌舵的後腦，道：「快對機房下令，向前駛去，快！要不然，我就不用你，而自己來了。」

那人的聲音發顫，道：「你瘋了，在你的旁邊是一艘輕型艦，一炮就可以將這艘快艇轟擊得粉碎的，你真的瘋了！」

「少廢話，照我的話去做，全速前進！」

那人按下了一個掣，高翔的槍口離得他更近了些，他吸了一口氣，道：「全速前進，向前駛。」

快艇幾乎是立即向前駛去的，機房中的人並不知道上面已發生了根本的變化，仍然服從著命令，向前駛去。

快艇一向前駛出，跌落在海中的那些人便一齊在浪頭中翻滾著，大叫了起來。而木蘭花這時也已找到了艇尾的那門大炮。

大炮十分新型，是電動控制的，木蘭花毫不猶豫地按下了一個紅色的掣，

「轟」地一聲巨響，炮身向後退了一下，一顆炮彈已呼嘯而出！

那顆炮彈並未射中馬雅斯基號，而是掠過了它，在它後面約三十碼處爆炸了起來，木蘭花連忙又將瞄準器調整了一下。

她正待伸手再度按下那發射掣之際，只聽得高翔在駕駛室中叫道：

「蘭花，停一停，中校他已妥協了，他說他願意離去，我剛才聽到他在無線電中這樣講的！」

「你告訴他，他必須立即離開，別給我們看到，要不然，我再發一炮，一定可以將他擊中了！」木蘭花興奮地叫著。

「是！」高翔對著駕駛艙中的對講機，「中校，木蘭花的話你也聽到了，我想，不要我再重說一遍了吧，事實上，我們根本不必接受你的妥協的！」

對講機中傳來中校氣呼呼的聲音，道：「你別說風涼話了，如果你擊中了我，那麼我們仍然有還擊的能力，你們就要化作粉塵了！」

高翔「哈哈」地笑著，道：「不錯，中校，你講得不錯，不過問題就在於你不敢和我拚命，你只會在占盡上風的時候威風一下！」

中校沒有再出聲，但是卻可以看得到，馬雅斯基號正在迅速地退後，向相反的方向駛了出去，兩艘船都在全速行進，而方向又是相反的，是以轉眼之間，馬雅斯基號只剩下一個小黑點了！

直到這時候，機房中才有人奔出來，道：「怎麼一回事？怎麼一回事？」可是，木蘭花卻已守住了機房的門口，每一個企圖衝出來的人都給她趕了回去，她冷冷地命令道：「守在原來的崗位！你們的同伴大部分已經在海中餵魚了，如果你們不想也跌到海中去的話，最好加緊工作，使快艇的速度更加快些！」

高翔則在駕駛艙中也發下了命令：「向最近的港口駛入，你應該知道最近的港口在什麼地方的，以最快的速度前進！」

那傢伙面色蒼白，唯恐不及地答應著。

在他們看到前面有港口的燈光在閃耀的時候，已經是天色將明時分了，他們雖然一夜未曾休息過，但精神卻分外地好！

穆秀珍和方局長兩人也徹夜未睡，而且，他們的精神沮喪到了極點，他們一直躲在方局長的辦公室之中不出去。

幾乎整夜都有記者等候在方局長的辦公室外。記者是為了要證實遇難的警方高級工作人員是不是特別工作室主任高翔而來的。

但是警局內卻沒有一個人肯回答這個問題，記者們職責有關，當然不肯輕易離開。他們曾好幾次要求方局長發表，但是方局長卻只是以十分疲倦的聲音道：「無可奉告。」

方局長的聲音顯得如此之疲倦，如此之蒼老，那絕不是裝出來的，而是他心情極度惡劣的結果，木蘭花和高翔同時出了事，他的心情如何，實是可想而知的。

而穆秀珍的心情更加惡劣，當一個記者不識趣地問她為什麼雙眼那樣紅腫之際，她就突如其來地將那記者摔了一大跤！

天色漸漸亮了，曙光透過了窗子，令得辦公室中的燈光成了黯淡的昏黃色。

方局長站了起來，道：「秀珍，你該去休息了。」

穆秀珍茫然地搖了搖頭。

方局長又道：「我想，我們應該公佈高翔遇難的消息，那樣蘭花或者會來找我們的，雖然她……我們總也可以見面了。」

「局長，為什麼外交機構方面還沒有回音？」

「他們正在進行著。」

「有希望麼？」

「我也不敢說，或許對方根本不肯承認他們的特務有在使用這種定期毒藥，他們若是都矢口否認，那我們的外交機構自然也不能要他們出售那種特製瀉劑了，這應該是挽救蘭花小姐的唯一途徑了，偏偏蘭花自己又不在這裡，哼，真是急死人了！」

穆秀珍霍地站了起來，道：「方局長，通過外交機構去進行，或者太遲了，你去通知記者，叫他們盡量快發佈高翔遇難的消息，我——」

她講到這裡，頓了一頓。

方局長忙道：「你怎樣？」

穆秀珍毅然道：「我到他們的大使館去。」

「秀珍！」方局長吃驚地叫著。

「是的，我要去，我去見他們的大使！」

「秀珍，你一進了他們的大使館，警方的力量便不能再保護你了，你們三個人，已有兩個出了事，如果你……這怎麼可以。」

「我們三個人，」穆秀珍慘然道：「已有兩個出了事，再加上我，也沒有什麼大不了，反正事情已經是這樣了，我非去不可。」

「秀珍，聽我說，別去！」

「不，我現在就去！」

穆秀珍陡地打開了辦公室的門，向外走去，幾個記者圍了上來，全被穆秀珍粗暴地推了開去，她直來到警局的大門口。

晨光初現，街道上十分之冷清，穆秀珍奔向停車場，她跳上了一輛摩托車，車聲驚破了寂靜的清晨，她已疾駛而去。

方局長在這時也慢慢地自辦公室中踱了出來，記者立即將他包圍，方局長的手一直托在額上，緩慢地道：「告訴各位一個十分不幸的消息，警方功績彪炳的一位人員，特別——」

方局長講到這裡，他辦公桌上的電話突然響了起來，方局長停了下來，一個副官快步來到了電話機旁，拿起電話機來。

那副官的臉上立時現出了驚訝之極的神色來，他以十分異樣的聲音道：「局長，你的電話。」

「我不聽。」方局長搖了搖頭，繼續道：「特別……工作室主任……」

可是他只講到這裡，那副官又叫了起來，道：「局長，電話，是高翔打來的，高主任，是他從Y港打來的，高主任的電話！」

方局長陡地轉過身去，在那一剎間，經驗豐富，辦事老練的方局長不知怎樣才好，他不知是該申斥那副官的胡言亂語好，還是相信那副官的話好。

那副官突然立正，道：「局長，是高主任，請聽電話。」

方局長快步向辦公桌走去，他走得實在太急了，以致幾乎在門檻上跌了一跤，他拿起了電話，叫道：「高翔，是你麼？」

「局長，是我，我是高翔！」

方局長連忙轉過頭來，向著辦公室的門大叫道：「高翔沒有死，各位請回去吧！」

高翔沒有死，這更是大新聞了！

記者們交頭接耳，不肯離去。

副官走過去，關上了辦公室的門，高翔的聲音繼續傳了過來：「局長，我在Y港，我和蘭花在一起，是的，我們很安全，請快和軍方聯絡，派兩架性能優越的高空戰鬥機飛到Y港來，供我們使用，要快，最好在四小時之內到達！」

「兩架高空戰鬥機？」方局長有點不明白。

「是的，一定要快，而且要全副武裝的。」

「高翔，這——」

「一切後果由我來負責，局長，請你照我的話去做。」

「好的！」方局長終於答應，他放下了電話機，立即又取了起來，撥通了駐在本市的空軍負責人的電話，提出了他的要求。

方局長當然看不到，但是他卻知道一定有這件事發生的：二十分鐘之後，兩架噴氣式的戰鬥機，呼嘯著起飛，向Y港的方向飛去！

穆秀珍如果遲走五分鐘，那麼她也一定可以聽到高翔的這個電話了，但是她卻早走了一步。她是抱著極其悲痛，破釜沉舟的心情前往的。

在她到達大使館大門前的時候，街道上的行人還十分少，大使館本來就是在一條十分冷靜的街道上的，那是一幢十分古老的建築物。

穆秀珍的摩托車以一陣極其震耳的「撲撲」聲，衝破了寂靜，停在大使館的門口，然後，她一躍下車，直衝到鐵門之前。

鐵門之內，正有兩個衛兵守著。

那兩個衛兵以一種十分冷漠的眼光望著穆秀珍。

穆秀珍來到了門前，大聲喝道：「快開門，我要見你們大使！」

一個衛兵怒氣沖沖地走過來，可是，他才一到鐵門近前，穆秀珍猛地一伸手，便拔掉了他的帽子，抓住了他的頭髮！

穆秀珍的這個動作，是那衛兵萬萬料不到的，他的頭髮一被穆秀珍抓住，就殺豬也似地叫了起來，可是他一面叫著，一面卻仍然無法掙得脫，穆秀珍將他直拉了過來，再伸進一條手臂去，將那衛兵的頭緊緊地箍住，那衛兵想叫也叫不出來了。

另一個衛兵疾奔了過來。但這時，穆秀珍已騰出一隻手來了，她一翻手腕，手中已多了一柄十分精巧的小手槍，立即將之指住了另一個衛兵，喝道：

「別動！」

那衛兵陡地站住，叫道：「天，你瘋了！」

穆秀珍點頭道：「差不多，可以這樣說，你快去通知你們的大使，我要見他，我是穆秀珍，我想他應該知道我是誰的，我——」

穆秀珍才講到這裡，使館的大門打開，三個人一齊衝下了石階，來到鐵門旁，走在最前面的是一個氣沖沖的中年人，也大怒道：

「這算什麼？你是穆秀珍又怎樣，這裡是外交機構，我要召你們的員警來對付你，這實在太豈有此理了！」

他聲勢洶洶地指責著穆秀珍，可是穆秀珍卻毫不在乎地聽著，等到他講完，穆秀珍才冷笑了一聲，道：「去啊，你一轉身，我就放槍。」

那傢伙陡地一呆，面色也變了一變，道：「我是二等秘書葉夫維奇，大使不能接見你，你有什麼事情，只管向我講好了。」

「不行，」穆秀珍斷然拒絕，「你們快將門打開，讓我見大使，要不然，我身邊有威力極強的小炸彈，我要拋進來了！」

葉夫維奇向後退出了三步，和身後的兩人低聲交談了兩句，他並沒有忘記穆秀珍的恐嚇，所以他自始至終不敢轉過身去。

「怎麼樣？」穆秀珍已不耐煩了。

「好的，你先進來再說！」葉夫維奇狡猾地笑了一下。

在他身後的兩個人立時走向前來，將鐵門打開，穆秀珍是隔著鐵門箍住了一個衛兵的頭頸的，鐵門打開，她便隨著對方走了進去。

穆秀珍雖然是一個行事不怎麼三思的人，但是她也決不致於粗心到了連踏入對方的大使館，就等於是進了對方國土一樣這一點都不知道的。

她自然也知道，自己一進了對方的大使館，對方人多勢眾，又可以為所欲為，那是十分危險，對她來說十分不利的事情。

但是，她仍然毫不猶豫地走了進去！

那是因為她是懷著極其悲憤的心情而來的，她既然抱著破釜沉舟之心，那麼自然一切的顧忌都不放在心上，而進入了大使館中。

葉夫維奇一見穆秀珍已走了進來，立時使了一個眼色，他身後的兩個人來到門口，將出路守住，那是防止穆秀珍衝出去的。

葉夫維奇則奸笑著，道：「穆秀珍，你總不能就這樣去見大使的吧？請你放開這個衛兵，跟隨我進去，好通知大使來見你。」

「好的。」穆秀珍一鬆手。

那衛兵被穆秀珍箍得久了，穆秀珍一鬆手，他立時身子軟癱在地，穆秀珍也不去管他，只是大踏步地向前走了進去。

可是，葉夫維奇卻趕在她的前面，將她的去路攔住，道：「小姐，還有，將你的手槍給我，大使是不喜歡有人威嚇他的。」

穆秀珍一揚手，便將手槍拋了給他。

葉夫維奇又道：「還有那烈性的小型炸彈！」

穆秀珍忍不住「哈哈」大笑了起來，道：「飯桶，那是我嚇你的，若是有這樣的炸彈，我早已拋了十七八顆進你們的大使館了！」

葉夫維奇的神色有點尷尬，但是他面上立時又浮上了陰險的奸笑，他道：「請，請進去。」

穆秀珍兩級併著一級地跨上了石階，她一推開門，便看到大使館的門內，兩排人，約有十五六個人之多，如臨大敵地站著。

穆秀珍一轉身，葉夫維奇已到了她的身後，向前一指，道：「前面，穆小姐，請你到前面的接待室中去等著接見。」

穆秀珍順著他指的方向看去，只見那是一條十分陰暗的走廊，穆秀珍「哼」地一聲，道：「你可是想鬧什麼花樣麼？」

葉夫維奇又連聲奸笑起來，可是對於穆秀珍的問題卻避而不答，穆秀珍也絕不是什麼蠢人，她明知自己身在險地，當然是處處提防！

她趁著葉夫維奇在奸笑之際，向前跨出了一步，等到葉夫維奇覺出不妙，想要後退之際，已經遲了，穆秀珍倏地伸手，抓住了他的手腕。

穆秀珍用的力道是如此之大，令得葉夫維奇大叫了起來，但是他只叫了一聲，便立時住了口，狠狠地道：「放開我！」

穆秀珍卻咧嘴一笑，道：「不，你替我作個伴。」

葉夫維奇掙扎了一下，可是他才一掙扎，穆秀珍就更加用力了，葉夫維奇面色慘白，額上汗珠如雨一樣地流了下來。

在走廊中的其餘人一齊湧上來，可是穆秀珍大喝一聲，道：「如果再有人走近，我就一掌將他的腦袋劈成稀爛！」

穆秀珍一面說，一面揚掌在葉夫維奇的額上比了一下。

葉夫維奇忙道：「別走過來，杜申科，你去通知大使，我在第三號接待室，請他和我們交談，要見他的是木蘭花的妹妹。」

「是！」一個人答應一聲，便轉了開去。

穆秀珍滿意地笑了笑，道：「那樣就有商量了，第三號接待室在什麼地方，你帶路。」

葉夫維奇哭喪著臉，道：「你……能鬆開我嗎？」

「不能！」穆秀珍斷然拒絕。

葉夫維奇只好向前走去，走出了十來碼，來到了一扇門，他一伸手，推開了門，穆秀珍先將他推進去，自己才走了進去。

那是一間相當寬敞，而且佈置得十分之華麗的會客室，才一進去，首先惹人注目的，便是嵌在左面一幅牆上的一具大電視機。那電視機的螢光幕足足有三呎高，四呎多寬！

葉夫維奇是被穆秀珍推進去的，他的身子閃了一閃，幾乎跌倒在地，等他站定身子時，已聽得電視機上的一盞小紅燈，在一閃一閃，而且發出「都都」聲來。

葉夫維奇向穆秀珍望了一眼，道：「我去打開電視。」

「我不要看電視。」

「小姐，大使將在電視中接見你，大使是絕不親自接見任何人的。」葉夫維奇幾乎像要哭了出來一樣，「你當然也沒有例外。」

穆秀珍呆了一呆，心想見不到大使本人，先和他在電視機中談判也是好的，是以她點了點頭，道：「好的，你打開電視機好了！」

葉大維奇戰戰兢兢扭開了幾個掣，不一會，便看到電視螢光幕上有亮點閃耀，突然間，可以看到畫面了，只見一個身材矮小的禿頂老者正在踱來踱去。

出現在電視螢光幕上的人，幾乎和真人一樣大小，所以穆秀珍可以清楚地看到他正滿臉怒容，而當葉夫維奇顫聲叫出了一聲「大使」之後，那人突然轉過身來，惡狠狠地瞪著前面，神情之逼真，就像是他會從電視機中衝了出來一樣！

穆秀珍向前走出了幾步，來到了螢光幕之前，她知道，自己既然看到了對方，那麼對方一定可以看到自己了，是以她伸手一指，直指向那電視中的禿頂老頭子，那禿頂老頭子的眸子甚至閃了一閃，可知在他看來，穆秀珍也是如同在眼前一樣的。

穆秀珍指了一指，便厲聲道：「你是大使麼？」

大使的聲音也絕不客氣，道：「你是穆秀珍？很好，你來得很好，你們三個人，所謂東方三俠，給我們惹來的麻煩太多了，你來了，很好！」

穆秀珍冷笑道：「我看不怎麼好，我來是對你不利的，你們的人用卑鄙的方法，使蘭花姐服下了毒藥，我是來取解藥的。」

「哈哈，」大使笑著，坐了下來，翹起了腿，道：「你瘋了，木蘭花服下毒藥，是她心甘情願的，她只要將電光衣送到，自然可以沒有事的。」

「可是，電光衣並不能為人類造什麼福，落到了你們這種人的手中，必然危害世界，所以她一到手，就立即將之毀去了！」

「是啊，我也接到了報告，她造福人群，但是卻苦了她自己了。我們也算得是好說話的了，我們向她和高翔提出了另一條件。」

「什麼條件——」穆秀珍講到這裡突然一呆。

然後，她將眼睛瞪得老大，道：「和誰，你向誰提出了另一個條件？」

「木蘭花和高翔。」

「什麼……什麼時候？」

「幾小時之前。」

「見你的大頭鬼！」穆秀珍忍不住罵了出來，「高翔……高翔……他早就……」

穆秀珍講到這裡，心中一陣難過，講不下去了。

大使冷冷地望著她，等她住了口，才道：「這不在我們討論的範圍之內，你來向我要解藥，我告訴你，沒有，除非你能答應我的條件。」

「什麼條件？」

「你和木蘭花通一個電話，要木蘭花和高翔兩人一齊到我們這裡來，我再和你們三個人一齊，好好地開一個談判！」

「你真的見到了大頭鬼了？」穆秀珍忍不住問。

「你可願意答應？」

9 一波未平，一波又起

穆秀珍苦笑了一下，高翔早就死了，木蘭花不知道在什麼地方，這傢伙有什麼辦法可以令得自己和他們通電話，將他們召來？

如果打一個電話，便能夠使已然因飛機失事而死去的高翔重生的話，那麼這個電話，自己自然是非打不可的了！

穆秀珍道：「好，我打，可是電話得由你幫我接通。」

「好的。」大使點了點頭。

穆秀珍看見他按下了兩個掣，又看到他的嘴唇在動，但是穆秀珍卻聽不到他在講什麼。

穆秀珍所未曾聽到的話，是大使在吩咐他的手下：

「接通Y港的電話，先向Y港的警方查詢，再向Y港的市政當局接頭，務必要找到木蘭花和高翔兩人，請他們聽電話，並且告訴他們，電話是穆秀珍打來的。」

大使吩咐完畢，才又按下了一個掣，使穆秀珍可以聽到他的聲音，他道：「你聽到電話鈴響，就拿起電話來，那你就可以聽到木蘭花在講話了。」

「還有高翔？」

「是的，木蘭花和高翔在一起。」

大使也是得到了「中校」失敗的報告，才知道木蘭花和高翔兩人在一起的。在海上，在己方擁有一艘輕型艦的情形之下，竟然還會被木蘭花和高翔兩人走脫，這件事情，實在可以說是奇恥大辱，穆秀珍卻恰好在這時闖了來。

「中校」本也不知道木蘭花和高翔兩人逃走之後，是到什麼地方去了，但是最近的城市是Y港，他們推測，木蘭花可能是到了Y港。

他們立即和Y港的工作人員聯絡，果然證實了這一點，所以大使知道木蘭花和高翔兩人是在Y港，他要利用穆秀珍的電話，再使兩人回到他的掌握之中！

穆秀珍搖了搖頭，她實在不相信大使的話。

但是她卻也沒有說什麼，因為大使即使是在騙她，她也看不出自己會因此多受什麼損失，更看不出大使可以得到什麼好處！

她來到電話機旁邊，坐了下來。

她是個性急的人，她一坐下來之後，便將手按到了電話上，等候電話鈴一響，就立即可以接聽。

大使還在吩咐著穆秀珍：「你要盡一切方法，使他們兩人來到這裡，要不然，你們三人都是毫無希望的了，你要明白這一點。」

穆秀珍並未曾將大使的話聽進耳去，她只是心中在想，如果聽到了木蘭花的聲音，真的是木蘭花在和自己講話的話，自己說些什麼才好呢？

穆秀珍的心中亂成了一片，她實在想不出說什麼才好，因為這時候算來，木蘭花的生命已只剩下不到三十小時了。

穆秀珍緊張地期待著，葉夫維奇一臉苦笑地站在一邊，螢光幕中的大使，雙眼炯炯有神地望定了穆秀珍，並沒有人說話。

突然，電話鈴響了起來！

在寂靜中聽來，電話鈴響是如此之驚人，令得穆秀珍突然嚇了一大跳。

她本來是準備電話鈴一響，便立即取起聽筒的，但這時，她反倒突然縮回了手來，然後，她才陡地想起：自己可以和木蘭花通話了，這才一伸手，將電話聽筒抓了起來！

她的嘴唇發著抖，她當真不知怎麼說才好了！

而在電話中，則傳出了一個她十分熟悉的聲音，道：「誰，是秀珍麼？」

穆秀珍的手猛地一震，她幾乎將電話聽筒跌在地上！

那是高翔的聲音，千真萬確的高翔的聲音！

穆秀珍本來就不知道該說些什麼才好的了，這時聽到了高翔的聲音，她更是不知所措，哪裡還能夠講得出一個字來？

高翔的聲音卻繼續地傳了過來，道：「咦，怎麼一回事，怎麼那邊沒有聲音，接線生，電話已經接通了麼？」

接著，便是接線生的聲音傳了過來，道：「接通了，喂，那邊講話！」

穆秀珍直到這時才迸出了兩個字來，道：「高翔！」

「是啊，是我，秀珍，你好麼？」

「高翔！」穆秀珍再一次聽到了高翔的聲音，她肯定那是高翔。

而她立即想到，一個死人當然是不會說話的，飛機跌死的人當然更不會說，自己聽到了高翔的聲音，可知高翔沒有死，高翔沒有死，這不是太值得高興的事情麼？

她心中感到高興，可是她卻傻氣地哭了起來。

「秀珍，」高翔反倒吃驚了，「你哭了，為什麼？」

「因為你沒有死！」

「呸，我沒有死，你該高興才是！」

「我是很高興，我本來想笑的，」穆秀珍起勁地哭著，不住地流著淚，「可是……可是……不知怎地，我卻哭起來了。」

「別傻了，你在什麼地方，在警局麼？」

「不，我在大使館中。」

「什麼？」

「我在X國的大使館中，我是準備向大使討解藥的，可是那禿頂大使卻說，要我和你們通一個電話，叫他們也來大使館，我們一齊和他開談判。」

「真的？」高翔的聲音，顯示他十分吃驚。

「當然是真的！」

「你等一等，等一等！」

穆秀珍聽得他在道：「蘭花，糟糕，秀珍在X國大使館中！她是在那裡和我們通電話的，大使要她叫我們兩人也去！」

穆秀珍已迫不及待地大叫起來：「蘭花姐！」

她立即又聽到了木蘭花的聲音。

木蘭花的聲音聽來和平時一般無異，平靜而堅定：「秀珍，你是在X國大使館中？你不是故意在和我們開玩笑吧！」

「蘭花姐！」穆秀珍感到十分委屈，「當然是真的，我在大使館第三號接待室之中，蘭花姐，大使說，你和高翔一齊來，事情可以有商量的。」

「唉，」木蘭花嘆了一口氣，「秀珍——」

可是她只叫了一聲，卻又未曾再說下去。

穆秀珍又急急地道：「蘭花姐，你快一點來吧，你別忘記你自己——」穆秀珍苦笑了一下，又道：「你還是來的好。」

木蘭花沉默了片刻，道：「好的，我來，你告訴大使，我來，和高翔一起來，你叫他等著我們，我們是要和他談判一下。」

電話中突然插入了大使的聲音，可知他一直在偷聽，只聽得他道：「不必轉告了，我已全聽到了，希望你們快一點到達。」

木蘭花又沉默了片刻，才道：「我一定盡快來，秀珍，你等著我，千萬不可有什麼妄動，你明白麼，等我們到了，才和他們開始談判。」

「我明白了！」秀珍全然未曾覺察到事情的嚴重性。

穆秀珍之所以全然未曾覺察到事情的嚴重性，並不是因為她的愚蠢，而是基於兩個原因。

第一，她不知道對方曾經威脅過木蘭花，要他們三個人一齊加入對方的特務集團，為對方效勞，而且，她更不知道對方的特工人員是一律要吞服那種定期毒藥的，她自然也不知道和對方談判，是絕無轉圜的餘地，只是死路一條，所以她才希望木蘭花來。

第二，她並不知道木蘭花除了到大使館來之外，還有什麼別的辦法可以解救，所以她只盼望木蘭花可以快一些到達。

是以她在答應了一聲之後，又叮嚀了一句，道：「蘭花姐，你最好不要耽擱時間了，你如今是在什麼地方？多少時間才能到達？」

「我在Y港，秀珍，你聽著，我一定來，但可能比你想像中的時間更長一些，但不論如何，你都要好好地等著，不可以生事，明白麼？」

「我明白了，再見。」

「再見！」

穆秀珍放下了電話。

她看到大使伸了一個極其舒適的懶腰，道：「秀珍小姐，你這個電話打得非常好，只等木蘭花一到，我們就可以談判了！」

他講完了這句話之後，電視螢光幕突然黑了下來。

葉夫維奇苦著臉對穆秀珍說道：「現在，我可以出去了麼？」

「不，你留在這裡陪我談談天！」穆秀珍的興致十分好。

葉夫維奇啼笑皆非，只得留了下來。

在Y港，木蘭花和高翔兩人，正在軍事基地專用的機場之中。大使館的電話打到Y港的警局，Y港的警局是知道木蘭花和高翔兩人的行蹤的，所以又將電話接到了軍事機場。

木蘭花和高翔兩人，是在機場等候著飛機來到，採取行動的。就在他們的等待中，接到了穆秀珍的電話。

等到木蘭花說過了「再見」，放下電話之際，她不禁嘆了一口氣，高翔也只是苦笑，道：「蘭花，這正是一波未平，一波又起了，秀珍也太——」

木蘭花揚起了手，道：「高翔，別怪她，這是怪不得她的，事情……其實都應該怪我，是我一個人將事情弄糟的。」

「怪你？」高翔搖了搖頭，表示他不能同意。

「是的，應該怪我，我不該將事情瞞著，我應該早就向你們講出事情的真相，我們大家一齊來設法，那絕不致於像現在一樣地狼狽的！」

高翔默默不語。

木蘭花又嘆一口氣，道：「可是，當時我又怕引起你們的驚惶和難過，所以隱瞞著，我寧願一個人忍受痛苦……」

「蘭花，真難為你了！」高翔覺得鼻子發酸。

就在這時，只聽得「啪」地一聲響，有一名軍官在他們兩人面前立正站定，道：「控制主任請兩位立即就去。」

「可是我們等候的飛機到了麼？」

「還不曾，但是那兩架飛機正順利地向Y港飛來，再過二十分鐘就可以到達了，兩位要的情報，控制主任也已得到了！」

木蘭花和高翔兩人，連忙跟著那位軍官向前走去，不一會，便來到了控制室中，控制室中聚集著不少軍銜很高的高級軍官。

當木蘭花和高翔一走進去的時候，一位將軍和一名校官，一齊向他們迎來，那校官先開口，道：「我是控制主任，將軍有話要向你們說。」

高翔點了點頭，道：「將軍，請說。」

將軍的身子筆挺，從他站立的姿勢，就可以看出他是一個曾受過極其嚴格訓練的老軍人，他沉聲說：「兩位，你們要一架外交飛機的飛行情報，又準備了兩架戰鬥機……戰鬥機不是我們撥給你們使用的，撥給你們使用的人自然會負責，但是作為軍方的一個負責人，我必須問你們：你們可是準備攻擊這架外交飛機麼？」

木蘭花和高翔互望了一眼，高翔道：「是的。」

將軍來回踱了幾步，才道：「兩位，這是一件極其嚴重的事件，小，至少是一件國際糾紛，大，則可以發生世界大戰的。」

「我們明白。」

「你們能中止這項行動麼？」

「不能。」高翔立即回答。

將軍停了片刻，嘆了一口氣道：「是不能，兩位，其實我已經知道了一切經過情形，換了我是你，我也必然回答不能！可是有一件事必須提醒你們，事情發生後，你們絕不能說曾在軍用機場上獲得了資料，更不能說是在軍用機場起飛的。」

「當然，我們知道。」

「我們的另一項情報是，這架外交飛機定期飛行，負有極重要的任務，它是武裝的，而且，它的駕駛員是第一流的！」

「將軍，我和這位小姐也是第一流駕駛員。」

「我相信你們，卓中校，請你將外交飛機的飛行資料解釋給他們聽。」將軍轉過身，和他的隨員一齊出了控制室。

控制主任卓中校取過了一疊文件，道：「你們要的資料全在這裡了，這架飛機自一離開他們國土之後，便在高空作不著陸的長途飛行，另外有一輛大型的飛機，在空中替它加添油料，它最後一次加添燃料的時間，將在中午十一時——也就是距離現在三小時又十三分之後。」

「那時，飛機在什麼地方？」

「在距Y港東北偏北一千一百哩左右處，是在海洋之上，在加油的時候，它的高度會降低，你們準備如何採取行動？」

「我們想逼降這架外交飛機。」

卓中校苦笑了一下，道：「我非常佩服你們的勇氣，但是，我以一個老資格飛行員的身分來說句話，你們成功的希望是微乎其微的。」

「我們還想知道一件事，這架外交飛機，如果在正午十一時得不到燃料的補充，那便怎樣？」木蘭花提出了問題。

「我們不知道，但它可能難以繼續飛行，因為它幾乎是一著陸，立時起飛的，它回程並不是不著陸的飛行，而在一千六百哩之外的G島停降，我們至少可以知道，這次添補燃料，可以使它飛行兩千七百哩！」

「那也就是說，如果得不到這次添補的話，它實在是飛不了多久的了？」

「可以那樣說。」

就在這時候，控制室的信號燈亮了起來。

卓中校按下了對講機的掣，有人向他報告：兩架戰鬥機開始著陸了！

卓中校發出了一連串的命令，他們都看到，兩架高性能的戰鬥機，呼嘯著降落了跑道，在飛機的尾部，吐出了兩柄降落傘，那是用來減低飛機在跑道上滑行的速度的。

高翔和木蘭花兩人立時向外走去，他們在機場辦公大樓的門口，上了一輛吉普車，直向跑道的一端駛去。

等他們駛到跑道一端的時候，飛機也恰好停了下來，地勤人員已經迎了上去，機艙的蓋掀開，兩個飛行員由艙中跳了下來。

兩個飛行員在高翔和木蘭花兩人的面前站定，向兩人行了一個敬禮，高翔忙問道：「飛機好麼？武器可作過檢查。」

「一切都好。」兩人齊聲回答。

機場方面的負責人也趕到了，這兩架飛機將歸高翔和木蘭花兩人使用，去從事一項十分重要的任務，這是機場中所有人都知道的。

但是機場上的人也知道那是一項不便公開的任務，所以他們之間都保持著緘默，並不交談什麼。

地勤人員做例行的檢查工作，替油箱和副油箱注滿了油。

直到地勤主任揚了揚手，道：「可以了！」眾人才一齊向後退了開去，而這時，高翔和木蘭花兩人，早已換上了飛行的裝束。

這天的天氣十分好，陽光明朗，陽光在平坦的機場跑道上反射出燦然的光芒來，但也顯得高翔和木蘭花兩人的臉色更蒼白。

地勤主任的命令發出了之後，高翔和木蘭花一齊向前走去。

當他們來到飛機的附近之際，木蘭花忽然道：「高翔，其實我一個人去也可以的。」

高翔根本不說什麼，他只是笑了笑，然後向右一指，道：「我上這一架，我們不斷地保持聯絡，你有什麼計劃，不妨等上了飛機再說。」

在這最後關頭，木蘭花還想勸阻高翔，不要去和她一齊從事成功希望微弱的冒險，但是木蘭花的勸阻，顯然未能成功！

她苦笑了一個，轉而向左。

三分鐘後，他們已先後進了機艙，戴上了厚重的飛行帽，按下了掣，艙蓋合攏，地勤人員開始向後退了開去。

地勤主任在飛機的面前，他陡地揮下了手中的紅旗，木蘭花和高翔兩人也聽到了控制主任的聲音：起飛後注意，高度九千呎，有一架客機正向Y港飛來。

「知道，」兩人一齊回答：「我們起飛了。」

兩架戰鬥機發出尖銳刺耳的聲音，呼嘯著，開始在跑道上飛馳了起來，幾乎是立即地，機頭向上昂起，兩架飛機像是兩柄刀一樣，直切入了天空之中，轉眼之間，便剩下一個小黑點，接著，便看不見了！

這裡既然是軍事機場，幾乎每天都有戰鬥機作例行飛行，有時候，作例行飛行的戰鬥機甚至還是成群結隊的。所以，這時又有兩架戰鬥機起飛，也不會引起什麼特別的注意，當然，知道這兩架戰鬥機乃是去實行這樣危險任務的人，更是少之又少的了！

飛機繼續向上升著，五千呎，六千呎，七千呎……等到飛機升到了九千呎的高度之時，他們兩人，開始通起話來。

「蘭花，我的情形很好，你呢？」

「我也很好，我們以一萬呎的高度平飛，在快要接近敵人的飛機時再升高，」木蘭花回道：「請你跟在我的後面，我們正像參加一次空中戰鬥，由你作我的僚機，一切行動，由我作主動的處理，而你主要的責任是負掩護我，你明白麼？」

「蘭花，」高翔苦笑道：「我們共只有兩架飛機，似乎不必按照空軍的戰鬥規則來辦事了吧，我看還是隨機應變的好。」

「不行！」木蘭花的聲音十分堅決，「除非你不想成功，要不然，兩架飛機必須分出長機和僚機來，那樣，我們兩架飛機才能發揮最高的效能。」

高翔沉聲道：「是！」

10 這是愛情！

這時，飛機已經升高到了一萬呎了。

他們迎著那架外交飛機要飛來的方向飛著，而這時候，他們早已在海洋之上了。他們穿過了一團又一團的雲團，俯視下面，海洋平靜地像一面鏡子一樣！

他們這時是以接近聲音的速度在向前飛行著的，但是在機艙之內，他們自己並不覺得在從事這樣高速的飛行。

他們不但相互之間不時檢查著那架飛機的飛行資料，而且，和Y港的軍事機場也一直在進行著聯絡。

突然之間，他們接到Y港方面的通知：

「我們在海上探測站的強力雷達，已測到了這架外交飛機的行蹤，它在你們的前方，距離兩百哩，高度，兩萬兩千呎，現在，我重複一遍……」

「海上探測站」的地方，高翔和木蘭花兩人並不知道，那當然是高度的軍事機密，而軍事機場方面居然引用了這項資料提供給他們，那是幫忙之極的了。

木蘭花立即道：「高翔，我們升高到兩萬三千呎，同時，啟用我們的雷達器，等候我的命令。」

她又詢問Y港的機場：「外交飛機的聯絡訊號，聯絡波長是多少，請你們告訴我，我們要先與之聯絡，然後再採取行動。」

軍事機場方面立時滿足了木蘭花的要求。

兩架戰鬥機又開始升高，向上升去，似乎永無止境一樣，越向上升，天空越是明澈，是一片潔淨無比的蔚藍色，他們所駕駛的飛機像是想直衝出那片蔚藍，到達不可知的外太空一樣。

高度指示儀上的指針在不斷地向右移。

等到指標指向「二〇〇〇〇」這個數字上的時候，高翔已在雷達的螢光幕上發現了一個亮綠點，他連忙道：「蘭花，我看到它了！」

「我也看到了，你繼續升高到兩萬三千呎！」

「是！」

高翔扳下了操縱桿，飛機繼續向上升去，可是，當他升到兩萬兩千呎之際，卻看木蘭花的那架飛機沒有繼續上升，在向前飛去！

高翔急忙叫道：「蘭花，你在做什麼？」

「我迎向他們，和他們聯絡，你必須服從我的命令，高翔，你繼續升高，在發現對方的飛機之後，你在上空盤旋，再等候我的命令！」

高翔絕不放心木蘭花自己一個人向敵機迎去，可是在如今這樣的情形之下。他除了服從木蘭花的命令之外，絕無他法可想。

因為這時候，他們並不是兩個人在對付敵人，而是兩架飛機在兩架高速飛行的戰鬥機中，他們的人也成為了戰鬥機的一部分。

在這樣的戰鬥中，所需要的是高度的精確，高度的合作，高度的意志統一，高度的計劃性，所以，高翔如果不遵從木蘭花的命令，而自出主意的話，那唯一的結果，就是生出不利於他們的事來。

是以高翔悶哼了一聲之後，他的飛機繼續向上升去。

木蘭花抬起頭來，看到高翔的飛機繼續向上升了上去，她才鬆了一口氣，她自己則操縱著飛機，繼續向前飛了過去。

雷達探測儀上的儀表顯示，她和那架外交飛機的距離越來越近了，三萬六千呎……三萬四千呎……三萬呎……

等到只有一萬八千呎的時候，那外交飛機顯然也覺察到了正有一架戰鬥機以瘋狂的速度向著它衝了過來，是以，它的高度突然提高了。

在雷達螢光幕上可以看得出，外交飛機在不斷地升高，木蘭花跟著升高，同時，她命令高翔：「注意敵機的高度，你必須在它之上一千呎。」

「是！」高翔立即傳來了回答。

三架飛機在一齊向上升著，兩萬四千呎，兩萬六千呎，兩萬八千呎，終於，到達了三萬呎的高度，那時，高翔的飛機應該在三萬一千呎的高空了！

而木蘭花的飛機和外交飛機已越來越接近了，她調整著聯絡器，校正到了外交飛機的聯絡波長，然後叫道：「外交天使，外交天使，我是迎著你們飛來的戰鬥機，你們發現我了麼？你們發現我了麼？我的波長是……」

幾乎是木蘭花剛一報出她的聯絡波長，便聽得一個憤怒之極的聲音喝道：「瘋子，快讓開，我們要相撞了，快滾開！」

木蘭花的計劃，第一步已實現了。

她已和那架外交飛機取得了聯絡！

也就在這時，她看到那架外交飛機了，那是一架形態極其優美的飛機正在迎面而來，木蘭花陡地使她的飛機降落了幾百呎，在外交飛機的腹下擦過！

一般來說，飛機在越過對方時，總是將機身拉高，在對方的頂上越過的，外交飛機上的人顯然也作了這樣的估計，因為當木蘭花在外交飛機的腹下掠過去之際，三股濃煙自外交飛機上冒出，那是三枚小型的空對空飛彈，只不過是向上射出的！

而木蘭花的飛機是向下降低，擦了過去的，這三枚估計錯誤的飛彈當然未曾射中木蘭花的飛機，在一掠過外交飛機之後，她立時一個觔斗翻了過來，升高高度，緊隨在外交飛機的尾部，相距只不過是七百呎外！

那架外交飛機顯然極度地恐慌了起來，它開始翻身，兜圈子，突然地升高和降低，企圖擺脫木蘭花，但是他怎樣做，木蘭花也怎樣做。

木蘭花的飛機始終「咬」在外交飛機的尾部！

被敵人「咬」住了尾，這是空戰的大忌，外交飛機力圖擺脫不果，木蘭花又聽得那憤怒的聲音道：「你究竟想怎樣？」

「我們一共有兩架飛機，相信你們一定可以在雷達上看到，還有一架在你們的頭上，而且，我們的飛機都是攜有熱導向飛彈的。」木蘭花鎮定地說。

「你們瘋了，我們是外交飛機。」

「是的，但我相信，你們的飛機也是全副武裝，攻擊外交飛機是違反國際公法的，但是，外交飛機而全副武裝也是違反國際公法的，我們只不過是追擊違反國際公法的飛機而已，是麼？」

那憤怒的聲音道：「我們也有熱導向飛彈，大家發射這種飛彈的結果，將是同歸於盡，你們撈不到什麼好處。」

熱導向飛彈是空對空飛彈中最厲害的一種，它在發射之後，會在空中自動尋找目標，射向對方的飛機，它的原理是飛彈的彈頭對溫度的感應十分靈敏，會飛向溫度高的地方，而噴射機的噴氣口周圍，氣溫正是十分高的，飛彈便向飛機的噴氣口射去。

是以，熱導向飛彈的命中率，幾乎是百分之一百的。

外交飛機上人這樣回答木蘭花，也不算沒有理由。但是，木蘭花卻早有準備，她鎮定地笑了起來，道：「不，你弄錯了，你發射熱導向飛彈，射中的只是我，而在你們上空的那架飛機，在你們一使用了這種武器之後，便會進行還擊，你們完全毀了，而我們兩架飛機中，還有一架可以安全無事！」

木蘭花的話才一講完，她甚至可以聽到和她對話的那人發出了濃重的喘息聲，終於，那聲音道：「好，你想怎樣？」

「降低，盡量降低！」

「瘋子，你不是要我們跌到海中去吧！」

「降低！」木蘭花的命令像鐵一樣地堅決。

很多經歷過激烈空戰的老空軍戰士，都喜歡說空戰的勝利，在大多數的情形中，是由意志所決定的，意志強的勝利，氣餒的失敗。

本來，世界上所有的事情全是那樣的，但是在空戰之中卻表現得格外明顯，因為空戰是在高速中進行的，在人生中可以遭遇到的一切情形，在空戰之中都被濃縮了，在幾年間發生的事，也可以變得在一秒鐘之內所發生，在這樣的情形下，意志一時的消失便決定了勝敗，是再也難以反敗為勝的。

木蘭花是抱著破釜沉舟之心而來的，她是只許成功，不許失敗的，而且，在事前，她已經指使高翔到了絕對安全的地方，使她毫無顧慮。

這樣，她的意志是無比的堅定，絕不會退縮的。

外交飛機上雖然裝備有最新的空對空作戰武器，但是它遭受到的攻擊，是突如其來的，機上人員根本沒有作戰的準備。而且，這時他們的處境也是極其不利的，一架戰鬥機緊緊地「咬」住了他們的尾部，而另一架戰鬥機，則正居高臨下地監視著他們，他們還只是在雷達屏上發現那架飛機。在如此的情形下，他們能不氣餒嗎？

而他們一氣餒，勝負也決定了！

在木蘭花的命令發出之後的半分鐘，「外交天使」開始降低高度。木蘭花仍然緊緊地跟在它的後面，同時，她通知高翔：「降低，但是維持在對方的一千呎之上！」

「是！」高翔的回答仍然很簡單。

然而，即使在這簡單的一個字中，木蘭花也可以聽出高翔聲音中充滿了接近勝利的那種喜悅。

是的，他們是接近成功了！

敵人的飛機正在被迫急速地下降中！但是，他們的目的，並不是要毀去敵人的飛機，他們的目的是要取得對方飛機中的東西，那就必須使對方的飛機停下來！

但是，在海洋中，飛機是無法停下來的。

就算海洋中有小島的話，他們也無法降落，因為他們的飛機全是需要長跑道的噴射飛機，她應該怎麼辦？怎麼辦呢？

木蘭花急速地轉著念，而這時，飛機已下降到只有兩千呎的高度了！

木蘭花突然看到，那艘外交飛機的機身下降下了兩只「船」來。

木蘭花心中的高興，實在是難以形容的——她認為最難解決的難題被解決了！

對方的飛機設備實在太好了，好到可以在水面上降落，那對她來說，實在是最最有利的事情，她立即道：「你們快在海上面降落，聽從命令！」

她聽到了憤然的回答：「是！」

木蘭花吸了一口氣，又道：「高翔，你繼續在上空飛行，對方的飛機準備在水面上降落了，有你在上空，他們對我是不敢反抗的。」

「那你準備怎樣？」高翔焦急地問。

「我準備放棄這架飛機，我落到海中，向外交飛機接近，迫使他們將那種特種的瀉劑交出來。」

木蘭花在那一剎間，已想好了對付的方法。

「蘭花，這最後的任務交給我。」

「不！你在上空掩護。」

「蘭花，你未曾想到，即使你成功了，你怎麼離開？」

「我有辦法應付的，你可以降低一些，使他們在降落之後，知道你在上空盤旋，令他們不敢對我妄動，那就足夠了。」

高翔沉默了片刻，這時，外交飛機已開始在水面上滑行了，在水面上滑出了幾萬呎，終於在水面上停了下來。

直到這時，高翔才嘆了一口氣道：「好吧！」

他一面回答著，一面將高度降低。

他看到那輛外交飛機停在海面上，在蔚藍的海水上，增添了銀色的一點，而木蘭花的飛機離開海面，絕不會超過六百呎！

突然，他看到木蘭花的飛機，機身猛烈地震動了一下，在那一剎間，高翔幾乎要閉上眼睛，沒有勇氣再去看這一切！

但是，他當然不曾真正的閉上眼睛，他看到木蘭花的飛機和艙蓋突然地打了開來，木蘭花的身子像是一粒從艙中射出來的子彈一樣，向空中飛了起來。

當木蘭花的身子彈高三四百呎之際，那架飛機的機身一斜，像是一柄燒紅了的刀切進牛油中去一樣，切進了海水之中。

飛機切進了海水中，幾乎沒有濺起什麼水花來，而海面上立時也恢復了平靜，木蘭花的身子也不再升高，開始向海中落去！她的身上，也出現了雪白的降落傘！

高翔使他的飛機在外交飛機上空一千呎左右處兜小圈子，飛過去又飛過來，同時，他的手指放在飛彈的按射鈕上。那是準備外交飛機上一有對木蘭花不利的行動，他立時便發射飛彈，將外交飛機毀去。

在那短短的幾分鐘之間，高翔心中的緊張，實是難以形容的！

木蘭花終於落到了海中！

木蘭花落海的地點，距離那架外交飛機只不過三百多碼，她降落的成績竟如此之好，那是她自己事先也預料不到的。

她用力向外交飛機游去，不消多久，她已游到了飛機旁，機上的人顯也看到了一切，木蘭花一游到了飛機前，機門就打了開來。

木蘭花叫道：「拉我上去！」

從機門中拋下了繩梯，木蘭花沿著繩梯，濕淋淋地直衝進了機艙之中，在她將近機艙的時候，她向正在頭上掠過的高翔揮了揮手。

高翔看到了她的揮手，但是木蘭花進入了對方的飛機之後的情形如何，他卻無法知道了。

木蘭花一跨進了機艙，便不禁一呆。

機艙中極其豪華，而且人很多，那些人一看便知道全是大人物，這時，他們都以一種異常憤怒，但又無可奈何的眼光望著木蘭花。

木蘭花認出其中的一個，像是這個國家的副總理！

一個穿著少將制服的軍人向木蘭花迎了上來，大聲道：「好了，你究竟想要什麼？你是什麼人？你的目的是什麼？」

看到了那麼多重要的人物在，這使得木蘭花更放心了，越是地位重要的人，便越是珍惜自己的性命，木蘭花的行事也更容易了。

她冷冷地向各人掃了一眼，道：「太簡單了，第一，我要你們供給特務系統人員服食的解毒瀉劑，快取出來，在一分鐘之內！」

機艙中沒有人出聲。

時間一秒一秒地過去，到了四十幾秒的時候，才看到那副總經理點了一下頭。立時便有一個人，將一個十分精緻的公事包交到了木蘭花的手中。

這時，高翔的飛機又在頭上掠過，飛機的呼嘯聲，令得機艙中每一個人的面色盡皆一變。

木蘭花打開了那個公事包。

她看到公事包中，全是一個一個金屬盒子，盒子上面寫著人名，顯然是要來分發給每一個人的。

木蘭花取了兩盒，將其餘的還給了那人。

然後，她又道：「你們既然有水上降落的設備，那麼這裡一定也有水上逃生設備的了，是不是？」

「是，是，」那少將忙道：「你要用麼？」

「不是我要用，是你們要用。」

「這是什麼意思？」那將軍怒吼著。

可是木蘭花卻並不回答他，只是道：「你們在十五分鐘之內，必須全部下飛機，到救生艇之中，要不然，上面的飛機就要下手了。除了通訊儀，你們什麼也不准帶，飛機交給我，我飛回去之後，一定立即通知你們的大使，來海中找你們的。」

那將軍叫道：「這不行，我們的高級——」

可是，他的話未曾講完，那副總理便已站了起來，道：「你保證我們在海上漂流不會超過二十四小時？」

木蘭花道：「當然，我保證。」

「你是屬於什麼國家的？」副總理又問。

「恕難奉告，」木蘭花冷冷地回答，「我看你們的動作要快一點了，在上空的我的同伴，是一個性子十分急的人。」

「你，」副總理突然伸手向木蘭花一指，「是木蘭花？」

木蘭花點了點頭道：「對，副總理先生。」

那位副總理的身子微微地震動了一下，道：「你真了不起，木蘭花小姐，我們這次雖然失敗了，但是下一次，你也可能失敗的。」

「不，你講錯了，一開始就是我失敗，直到如今，我才反敗為勝而已！」木蘭花冷然地回答。

副總理揚了揚手，將幾艘充氣救生艇放下了海，機上的人員全都下了救生艇，用力向外划了開去。

木蘭花立即進了駕駛室，她校正了高翔的通訊波長，道：「高翔，我取到了，我已經成功了，我……我還有多少時間？」

「蘭花，時間是足夠的，你還有十多個小時。」高翔的聲音甚至在發著抖，他心中實在是太高興了，一切噩夢，都成為過去了。

「我們回去，高翔，飛得離我近一些。」

「是的，我將盡量地接近你。」

兩架飛機在空中高速飛行，接得近了，實在是十分危險的事情，但這時，他們兩人都有急於要接近對方的感覺，是以也顧不得危險了。

木蘭花轉頭向海面上望去，幾艘橡皮艇已經划出了幾百碼，木蘭花操縱著飛機，飛機在水面疾滑而出，當她的飛機升空之際，她看到高翔的飛機正在前面，先向左側，再向右側，在向她致敬。

木蘭花不由自主地笑了起來，這些日子來，她第一次有了笑容。

兩架飛機一齊升高，飛機與飛機之間的距離，已是最接近危險的距離了，高翔一面駕駛著飛機，一面在幻想著，最好飛機的雙翼是他的兩條手臂，那麼他就可以緊緊地擁住木蘭花了！

他的眼睛有點潤濕，那是因為他的心中太高興了。

他不斷地和木蘭花交談著，三小時之後，飛機降落在本市的民航機場上。一下飛機，木蘭花和高翔兩人立時穿過跑道，逃出了機場。

他們非逃走不可，因為如果他們不逃，這件事情將被列為最嚴重的外交事件，而他們一走，只留下飛機在機場中，對方可以取回外交飛機，另一架飛機上的一切標誌是早已塗去了的，可以被當作「國籍不明」、「來歷不明」的飛機處理。那麼，就算對方想提出抗議，也成了無的放矢了！

他們逃出了機場，手拉著手，跳上了一輛的士，向最近的醫院馳去，木蘭花已有了那種特製的瀉劑，她需要到醫院中除去致命的毒藥。

這時，正是下午，是一天之中，陽光最燦爛的時刻。

高翔和木蘭花兩人，肩靠肩地坐在車中，他們也都想到，如今是他們一生之中最燦爛的一刻。

災難過去了，一切也都美好了，故事似乎也可以就此結束了？

噢，不，不，還有穆秀珍，冒失的穆秀珍還在對方的大使館之中哩！

你以為木蘭花和高翔會去襲擊大使館，將穆秀珍救出來麼？當然不用，他們只要打一個電話，就可以救出穆秀珍來了。

一個電話？

是的，到了醫院，高翔打了兩個電話，第一個電話，高翔打給方局長，告訴他，自己和木蘭花兩人都已脫險，在醫院中，請派警方最好的醫生來護理木蘭花。

高翔第二個電話，是打給某國大使的，大使還在等著高翔和木蘭花的降臨哩，但是一聽高翔的電話，他的神色就變了。

高翔在電話中所講的，其實也很簡單，高翔只不過問他，願不願意放走穆秀珍，來換取他們國家的一大批要人，包括副總理在內的下落而已。

恰好在這時，外交飛機神秘降落，機內空無一人的報告也送到了大使的手上，大使是絕無不答應釋放穆秀珍的道理的。

穆秀珍和方局長以及醫生幾乎是同時趕到醫院的，在醫生的護理下，木蘭花吞下了那種特殊的瀉劑，半小時後，醫生從急診室中走出來宣布：一切都沒有事了！

高翔和穆秀珍兩人都情不自禁地大叫了起來，連一向老成持重的方局長，也不禁長長地吁了一口氣，高興得跳了起來。

木蘭花被推出了急診室，她看來和健康的人完全一樣，而在高翔的眼中，更感到木蘭花對他的笑容中，已多了一些以前所沒有的東西，高翔在心中自己告訴著自己：

這是愛情！

替身

1 赤魔團

一輛黑色的小型汽車在深夜中急速的行駛著，駛向市西。西區是工業區，工廠和貨倉林立，深夜之中，十分寂靜。

那輛小汽車駛到了兩座高大的貨倉之間的一條狹路中停了下來，熄了車頭燈，同樣的情形連續三次，然後，可看到車中火光閃了一下，駕車的人點著了一支煙，當那人用力吸煙的時候，煙頭的火光可以使人隱約地看清他的臉龐。

這時，附近一個人也沒有，但是並不是說沒有人看見這輛車子和那個在吸煙的人，在倉庫的一幅牆上，本來是漆著一幅巨大的香煙廣告的，突然，牆上有兩塊磚退了進去，現出一個小洞來，而一支配著紅外線觀察的長程望遠鏡，則自小孔中伸了出來，對準了那輛汽車。

在牆後，是一間只有一百平方呎的小房間，佈置得卻相當舒服，持著望遠鏡在觀察的，是一個身形矮小，十分精悍的漢子。

而另外一個人，則坐在沙發上，對著一具無線電對講機，那是一個一臉凶狠相的中年人，這時他正在問：「來了麼？」

「來了，」那矮子回答，「他很準時。」

「我們該發信號，將他接去見首領了。」

「是的，他正在吸煙——」那矮子講到這裡，忽然頓了一頓，一揚手，「慢，這不可能，別發信號，這實在是不可能的。」

那中年人的手指已將無線電機的掣按下了，經那矮子驚惶失措地一叫，他又連忙縮回手來，道：「怎麼一回事？」

那矮子連退幾步，房間中雖然黑暗，但是也可以看出他的面色蒼白得可怕，他的聲音甚至在發顫，他問道：「首領可曾告訴你，我們要接的是什麼人麼？」

「沒有，首領只是要我們深夜一時在這裡等著，如果有一輛車子來，車頭燈明、熄三次的，便將駕車人接去。」

「可是，」那矮子吸了一口氣，「那是……唉，還是你自己去看吧，我看，我們還得再向首領請示一遍，才比較妥當些。」

那中年人面上神色遲疑不定，他走前幾步，來到了望遠鏡之旁，向下面的車子看去，那駕車人雖然在車中，可是由於他的身子靠著車窗的緣故，自望遠鏡中可以清楚地看到他。

他在吸煙，而且已有點不耐煩的神色了。

那中年人只看了一眼，也不禁陡地一震！

那矮子忙問道：「看清楚了沒有？」

中年人點了點頭。

「是誰？」矮子又問。

「是……」中年人猶豫了一下，「好像是……高翔。」

「什麼像是高翔，簡直就是他！」矮子面有懼色，「我吃過他的苦頭，他和木蘭花、穆秀珍三人……唉，首領要是接他到總部去——」

矮子搖了搖頭，中年人也有點不知所措。

就在這時候，中年人的身上突然發出了「滴滴」聲來，中年人連忙在上衣袋中，取出了另一具小型無線電對講機來，按下了掣。

只聽得一個十分傲慢，聽來令人不舒服到極點的聲音，問道：「十三號，十四號，人來了沒有？應該已經來了，你們可有按我的命令採取行動？」

「人來了，」中年人十分惶恐地回答，「可是……可是首領，這個人我們是認識的，他……他是警方的特別工作組主任高翔，是——」

「不管他是誰，按原來的命令進行。」

「是！」那中年人和矮子無可奈何地互望了一眼，他們之中一個人又到望遠鏡中去張望，一個則在對講機前低聲呼叫著，要另一個人按原命令行事。

不到三分鐘，只見一輛十分大的卡車，自街角轉了過來。那輛卡車在駛進這條街之際，車頭燈也熄了三下，然後，卡車以尾部對準了小汽車，停了下來。

卡車的車廂原是密封的，這時只見它自動地打開了門，並且有一塊斜板自車中伸了出來，一枚煙頭自小汽車中拋出，小汽車順著那塊斜板駛進了卡車之中。

斜板自動地縮回，門也自動地關上。那輛小汽車已不見了，卡車向前駛去，卡車是一直向西駛去的，駛出了三四哩，已是市郊了。

出了市區之後，卡車仍一直向前駛著，但不多久，它便轉了彎又駛回市區來，在市區中兜了好幾個圈，才進了一座有極高的圍牆圍住的花園之中。

卡車是在兩扇古銅色的大門之中駛進去的。

那兩扇古銅色的大門，和高達二十呎的圍牆，似乎將牆內和牆外隔成了兩個世界一樣，一進了大門，便有兩個人迎了上來。

卡車停了停，卡車司機取出證件來，供那兩人檢查。那兩人點了點頭，又回到了圍牆下面的石屋之中，卡車再向前駛出了十來碼。

卡車行駛的這條路，是通向一幢古色古香的大房子的，那幢大屋，華麗得像是宮殿一樣，但這時候卻是一片漆黑，看來十分陰森。

卡車並不是直接駛向那幢大屋的，而是在駛出了十英碼之後，便停了下來，卡車停下之後不久，只聽得一陣「軋軋」聲音自地下傳了出來，卡車竟向地下陷落了下去！

在卡車輪下的一塊地，看來雖然和路面無異，但卻是一架大型升降機，卡車在被升降機帶得下沉了二十呎左右，才停止下落。

這時，卡車是在地下了，在地下，可以看到一條十分平整，斜斜向上的通道，卡車停止了下沉，有兩個人迎了上來。

直到這時，卡車後面的門才打開，那兩個迎上來的人大聲道：「江先生，對不起，我們不知道你的誠意如何，不得不如此。」

卡車中傳來一個聽起來不在乎的聲音，道：「不要緊，你們是做大買賣的人，當然不能不小心一些的，我可以出來了麼？」

「可以了，請出來。」

卡車中是漆黑的，但是有煙頭的火在一閃一閃，那駕駛一輛小汽車進入卡車的人，這時口咬著一支香煙，走了出來。

他咬住香煙的那種神態，看來也是有點滿不在乎的，他牙齒輕輕地咬住煙尾的濾嘴，甚至還在微笑著，當他走下斜板的時候，抬頭向上看了一下。

他所看到的，只是一塊漆黑的天空，他當然是不能僅藉這一塊天空而知道自己在什麼地方的，他聳了聳肩，然後再向前望去。

那兩個來迎接他的人，這時正定定地望著他。

他向兩人笑道：「我該向哪裡走？兩位。」

兩人吸了一口氣，失聲道：「天，你不是……高翔？」

「或許我是他。」他仍然用牙齒咬著煙，但是縷縷的煙卻自他的齒縫中飄了出來，「請你們帶路，我是應邀而來的。」

「是……是。」那兩個人連忙轉過身去。

他們在那條斜路上向前走著，他吸著煙，跟在後面，不一會，便來到了一架升降機的前面，三個人一齊走了進去。

升降機向上升著，四十秒之後，停了下來，他們又出了升降機。

一出升降機，那人便不禁一呆，那是一座十分華麗的大廳。

而且，其時正燈火通明，每一張沙發上，都有人坐著，算來最少有二三十人之多，場面居然會如此熱鬧，那是事先所料不到的！

他跨出了升降機，升降機和引他前來的兩人都落了下去。他鎮定地向前跨出了兩步，數十道目光一齊向他射過來，有許多人離座起立，其中一個人，甚至立時取出了一柄鋒利的小刀，揚起手，正要朝向他拋過來。

可是那人的小刀還未拋出，便聽得一個傲慢之極的聲音道：「到這裡來見我的人，身上是不准帶任何凶器的，何以你的身上有刀？」

那人陡地一震，小刀落到了地上，由於地上鋪著厚厚的地毯的緣故，是以小刀落地，是一點聲音也沒有的。

他轉頭向那傲慢聲音的來源看去，只見那是一個身材高大，面目浮腫的胖子，他獨自一人，坐在一張大得異常的沙發上。

緊靠著他而坐的，乃是一個長面，瘦削，面色發青，襯得一點點的鬍鬚渣子更加顯眼的癆病鬼也似的人。只有這癆病鬼離那胖子最近，別的人至少和他保持著六呎以上的距離。

那個取出小刀的人，這時僵硬地站著，大廳之中，沒有一個人出聲，癆病鬼冷笑了一聲，道：「你過去對組織有過不少貢獻，但何以在晉見首領之際，還帶著凶器？」

那人忙道：「我……我只是……」

癆病鬼不等他講完，便伸手在他所坐的沙發扶手的掣上按了一下，立時有兩個大漢，自一扇門中走了進來。

那兩個大漢，身上所穿的是一身紅得令人想起鮮血的紅衣，癆病鬼向僵立著的那人指了一指，兩個紅衣大漢立時來到了他的身邊，將他挾住。

那人哀叫道：「首領，我是一時大意，念在我過去曾為組織出力，你給我一個改過的機會，你饒恕我這一次，你一定要……」

可是他的哀告卻一點用處也沒有，那面目浮腫的胖子揚著頭，癆病鬼用陰森的目光，掃視著大廳中其餘的人。

其餘人的臉上，都是一點表情也沒有的。

看他們那種樣子，似乎眼前根本沒有發生什麼事一樣！

那人被拖了出去，一直在聽到他的號叫聲，但突然之間，他的號叫聲停止了，那面目浮腫的胖子冷笑了一下，在他身邊的癆病鬼忙道：「任何不服從首領命令的人，都必須被處死！」他講到這裡，頓了一頓，然後才站了起來，道：「江濤先生麼？歡迎，歡迎！」

被稱著江濤的那個，正是經過了曲折的道路來到了這裡，一到之後，便目睹了這一幕活劇的那人，這時，他又向前走了兩步，道：「我一定使各位吃驚了，是不是？」

「有一點，」癆病鬼點著頭，「你太像——」他又頓了一頓，像是不願意講出對方究竟是像什麼人。

但是對方卻接了下去，道：「太像高翔了，是不是？」

大廳中響起了一陣交頭接耳的聲音，大多數人都以相當低的聲音在道：「是的，太像了。」

「太像高翔了。」

「他媽的，我說他就是高翔。」

「世上不可能有這樣相似的兩個人的。」

最後一句話的聲音大了些，江濤轉過頭來，道：「這應該感謝美國芝加哥的哥德華博士和日本大阪的小八重法博士，他們兩人是世界著名的整形外科醫生，我在他們兩人經過了三年的時間和數十次手術之後，終於使我本來和高翔只有七分相似，而變成了十分相似！」

「可是你的聲音——」有人問。

「相似的人所發出的聲音，本來就是相類似的，所以專家能夠只聽到一個人的聲音，便指出這個人面容上的特徵來的，而且，還可以訓練。」

大廳上七嘴八舌的議論還沒有完，那癆病鬼則已站了起來，揚了揚手，所有在竊竊私語的人，一剎那間都靜了下來。

「我只有一個問題，」癆病鬼直視對方，「你有什麼方法，可以證明你不是高翔呢？」

「非常感謝你對我的稱讚，」江濤欠身鞠躬，說：「這句話，使我感到我三年來所受的痛苦並不是白受的。你們可以打電話給高翔，看他是不是在家中。」

「如果你不是什麼江濤，而就是高翔的話，那麼你可以先在電話上佈置下錄音機，我們打電話去，就會有人接聽了。」

江濤微笑了一下，道：「你可以問出其不意的話，錄音機是無法回答奇怪的、意料之外的問話的，其實，這一切全是多餘的。」

「為什麼？」

「因為我的請示如果獲准，我第一件自動提出的任務，便是將高翔擒住，交給組織處理。」江濤一面講，一面作著手勢。

他雖然講得如此肯定，但是大廳中眾人對他，仍然用不信任的目光瞧著他。大廳中這些人，全是各地出名的犯罪分子，這些人，以前有的是單獨行動的，有的是參與犯罪組織的，但是他們都先後遭到了失敗。

他們有一大半失敗在「東方三俠」——木蘭花、穆秀珍和高翔之手，他們自然都和高翔面對面地作過鬥爭。而這時，他們看來看去，都認為站在他們面前的人實在是高翔，而不是什麼江濤，他們一面懷恨，一面卻也不禁暗暗吃驚，雖然他們這時已參加了新的犯罪組織。

這個新的犯罪組織便是赤魔團。

赤魔團這個旗號打起來還不久，它的首領，就是那個面目浮腫的胖子，胖子叫什麼名字，沒有人知道，他的來歷也十分神秘，在組織中的人，只是稱呼他為「首領」。

首領有一個最親密的助手，就是那個癆病鬼，癆病鬼據說以前曾在某國的軍隊中擔任過相當高的職位，因為鬧兵變不成而逃亡了出來。

其實，稱他們為罪犯似乎更恰當些，赤魔團開始的時候只不過三四個人，但是在幾件大案子之後，各地的罪惡分子便聞風而至。不到四五年，終於成了規模極大的犯罪組織，那癆病鬼的組織策劃，是功不可沒的。癆病鬼的真姓名也沒有人知道，但赤魔團中的人，都稱他為凌副首領，因為他自稱姓凌。

癆病鬼又問道：「你的要求是什麼？」

「加入組織。」江濤的回答很簡單。

赤魔團在創立的初期，對各地的犯罪分子是來者不拒的，但是在稍具規模之後，內部進行了幾次火拚，清理，自相殘殺了不少之後，對於每個申請加入組織的人，就小心謹慎得多了，江濤簡單的話，其實是一樁相當嚴重的要求。

首領欠了欠身子，癆病鬼陰陽怪氣地走前兩步，來到了江濤的面前，道：「加入組織，你的目的，又是什麼？」

江濤挺了挺胸，道：「在本組織中，成為第三號人物。」

大廳之中，又響起了一陣私語聲。

癆病鬼退到了座位上，坐了下來，道：「好，我先要打一個電話。至少，我們要證明你是不是高翔，才可以作出決定。」

「請便。」江濤的態度十分從容。

癆病鬼撥動著就在他身邊的那具電話，等候著電話那邊傳來的聲音，電話鈴響了許久，才聽到「卡」地一聲，有人接聽了。

電話鈴的確響了很久，那並不是因為高翔睡得沉，像他那樣機警的人，即使在沉睡中，一有聲響，也是十分容易驚醒的，他之所以不來接電話，乃是因為他才回家，在浴室中淋浴的緣故。

他裹住了一條毛巾，衝進臥室，抓起了電話。

等他抓起電話時，電話鈴已響了很久了。

高翔有些狼狽，他一面毛巾抹著身上的水珠，一面對著電話道：「喂！喂！什麼人？」

可是，電話的那邊卻沒有聲音。

高翔不禁十分惱怒，電話鈴聲將他從浴室中催了出來，但是那邊卻沒有聲音，他又大聲叫道：「喂，你究竟是什麼人？」

那邊仍沒有聲音，而且「卡」地一下收了線。

高翔忍不住罵了一聲，也放下了電話。

可是，當他才一轉過身去之後，電話鈴又響了起來，這一次高翔是立即將電話抓了起來的，他大聲道：「喂，你還不出聲麼？」

電話中有聲音傳出來了，那是相當陰森的聲音：「高翔，今天晚餐，你吃的是什麼？」

高翔呆了一呆，道：「你是一個瘋子？」

「卡」地一聲，電話又收了線。高翔更加惱怒了，他立時打了一個電話到警局去，吩咐有關方面在再有電話打到他家中來的時候，立時查尋電話的來源。

他繼續去淋浴，然後睡覺，他一直在等著那怪電話再來，但是電話卻並沒有來，而他在第二天之後，也沒有再將這件事放在心上。

一直到了第三天下午，他在辦公室中，才突然又接到了一個怪電話，仍是那個陰森的聲音所打來的，道：「高翔，有一些你定然有興趣的東西給你看。」

「是什麼？」

「是一些美艷照片，是你和一個漂亮的小姐的照片。」

高翔皺了皺濃眉，心中暗暗想著：這是什麼意思？

他冷冷地回答：「沒有什麼興趣。」

「我想，若是木蘭花小姐見到了，或者會有興趣的。」

高翔的心中已開始感到對方是不懷好意的了，他和木蘭花在幾次死裡逃生之後，在感情上已有了增進，木蘭花雖然是超卓非凡的女俠，但是沒有一個女人是喜歡看到自己喜愛的人和另一位漂亮的小姐在一起的，高翔怒道：「想敲詐麼？誰都知道我以前的生活的。」

高翔在未曾改邪歸正之前的生活是荒誕的，風流的，這實在不是什麼秘密，木蘭花更是深知的，高翔以為對方一定無話可說了。

卻不料對方陰笑了一下，道：「不是以前，是現在。」

「現在？」高翔呆了一呆，「照片接駁的把戲是最低能而卑鄙的！」高翔毫不客氣地斥責著。

「當然也不是接駁的，如果我們將照片給任何人看，都是連著底片的，高翔，我想你一定有興趣的，請來山雲道尾的小餐室來見我，我的座位上，放著一本紅色封面的書！」電話那邊的聲音講到了這裡，便「卡」地一聲，沒有了下文。

高翔呆了半晌，一時之間，他也猜不透那究竟是什麼把戲。他自己當然知道自己近來的生活。近來，他除了和木蘭花一齊之外，絕沒有再和別的小姐在一起，但是對方卻宣稱有這樣的照片，這究竟是有著什麼目的呢？這是非查清楚不可的。

他放下了電話，召來了兩名警官，吩咐他們各帶著三名幹練的探員，先趕到山雲道尾的那間小餐室附近去隱伏著，準備接應。

然後，他想打電話給木蘭花，但是當他拿起了電話之後，他卻又改變了主意，因為這件事的真相究竟如何，連他自己也不怎麼明白，對木蘭花自然也難以轉述。如果在電話中講得不清不楚，那只有引起木蘭花的誤會，女人多半是善妒的，只怕木蘭花也不會有例外！

所以，高翔決定將事情弄清楚了再說，是以他又放下了電話，帶了武器，離開了辦公室，驅車向山雲道尾的小餐室駛去。

2

「定時炸彈」

山雲道是通向山上住宅區的一條道路，相當冷僻，那家小餐室已在山上了，所以餐室的一面，全是玻璃的，可以給食客俯覽山下秀麗的景色。

高翔下車的時候，他一眼便看到了兩個便衣探員正在餐室之外徘徊，他又向餐室之中走去，一推開門，又看到了一個警官獨據一桌，另一個警官則和三個探員四個人一桌。

這幾個人看來都和平常的食客無異，小餐室中可以說是全在警方的控制之下。

高翔對自己的這樣的佈置，多少有一點不夠滿意，因為這未免小題大做了些，他所要對付的，只不過是一個藉著下流的手法來敲詐的人而已，那又何必擺下這樣大的陣仗？

若是給對方知道了，一定會譏笑自己膽小如鼠，傳出去才真的成了笑話了。

他向前走著，那間餐室並不大，他立即看到，在一個座位上坐著一個人。那座位是緊靠著玻璃的，坐在座位上的人，正轉頭看著外面。

而在那人的面前，則放著一本紅色封面的書。

高翔知道這就是自己要見的人了，他到了那人的對面坐了下來。

那人緩緩地轉過頭來，向高翔笑了一笑，道：「請你自己看。」

他一面說，一面伸手向那本書指了一指。

高翔伸手取過那本書來。他才揭開了封面，便發現那本書的中心是被挖空的，有著好幾張明信片大小的照片，照片全是兩個人合照的，一個是他，另一個則是一個十分美麗妖冶的女子，身穿著肉感的衣服，兩人大都是十分親熱地手拉著手。

高翔更看到，在照片上，他臉上的神情是充滿了愛意的，就算是一個再笨的人，也可以看得出，照片中的男子，對他身邊的女子是充滿了愛意的！

高翔呆了一呆，連忙又撿起底片來，那些照片無論如何不是接駁偽造的，可是照片上那妖冶的女子，他卻又從來未曾見過。

這是怎麼一回事？

高翔闔上了書，瞪著他對面的那人。

那人笑了一下，低聲道：「高主任，這裡你派來的人太多了，談話多少有點不方便，我們到男廁去，只消幾句話就可以講明白了，請你跟我來！」

那人講完，起身就走，也不等高翔答應。

高翔立即想到，那人有話不肯在這裡說，可能是有著陰謀的，但是他幾乎沒有經過什麼考慮，便立即決定跟著那人去了。

因為對方只有一個人，而他們卻有七八個人之多，再加上對方顯然已知道了這一點，若是還會對他有什麼不利行動的話，那實在太蠢了！

更何況，他急於想知道對方的這一批照片是如何得來的，所以，他立即起身，跟在那人的後面，從一扇門中走了出去。

兩人一先一後進了男廁，高翔才一走進去，那人便一個轉身，只聽得那人的手中發出了極其輕微的「啪」地一聲響，一枚尖銳的針，自他手上巨型的戒指中射了出來，正射在高翔的臉頰上。

高翔突然一呆，立時伸手向頰上摸去。

可是，他的手還未曾碰到臉頰，他的臉上已然現出了僵硬的神情來，他的身子向前跌出，那人連忙將他扶住，接著自廁所中，有一個人走了出來。

那人是江濤，他才一走出來，便向那人作了一個手勢，那人將昏迷過去的高翔扶起，江濤對著高翔，簡直是在照鏡子一樣。

他身上西裝的顏色和式樣也是一樣的，只是領帶的顏色不同，他迅速地換了領帶，換了鞋子，拿走了手錶，並且將高翔衣袋中的一切，全都裝到了他自己的袋中。

這一切，只不過花費了兩分鐘而已。

然後，他打開廁所的門，向外走出去。

他才走出了兩步，一個警官和兩個探員便迎面走來，在他的面前站定，道：「主任，我們看見你進去了許久，以為出事了。」

「沒有事了，」江濤揮了揮手，「收隊吧。」

「是。」警官答應著，退了出去。

江濤回到了餐室中，在那座位上坐了下來，點著一根煙，他看到幾個警方人員都已經離開了，那就是說，他們對自己的身分絕未起疑！

自己已成功地擒住了高翔，在警方人員離去之後，再運走高翔，那是輕而易舉的事情，開始十分順利，以後會怎樣呢？

他取出了煙，點著，徐徐地噴著霧，從玻璃中看下去，是美麗的城市的一小半，他感到自己似乎已成為這個城市的主宰了！

他並沒有坐多久，便站了起來，傲然地步出餐室，登上了高翔的車子，向警局駛去，從這一刻起，他已變成另一個人了！

這是他久已盼望著能實現的一個願望，如今竟然實現了！

他心中的興奮，實在是難以形容的。他本來是一個微不足道的人，只不過是一個走私集團中的駁運員，但是當三年之前，不但是他自己發覺，而且別人也發覺他像高翔之後，他便有了新的主意。

他「失蹤」了。

他的「失蹤」曾引起走私集團的頭子大震驚，因為他搶走了相當數量的一批私貨，但是他賤價變賣了私貨之後，卻不是用來享受，而是用來受苦的。

他先花了三個月的時間，搜集了許多高翔的照片，高翔是警方的高級人員，在公共場所出現是難免的，要搜集他的照片也不是難事。

然後，他到了東京，進行整容手術，再到美國，也進行整容手術，整整三年，沒有多少天，他臉上是沒有包紮紗布的。

在最後一次的手術之後，他實在和高翔已沒有分別了，他在美亞美海灘上又渡過了一個月，讓陽光使他的膚色變得和正常人沒有差別。

然後，他回到了遠東。

他輕而易舉地打聽到，赤魔團是如今遠東規模最龐大的犯罪組織，他設法和赤魔團的首領聯絡，聲稱自己可以對付東方三俠。

赤魔團的勢力日益膨脹，已經和警方發生了幾次衝突，木蘭花和穆秀珍兩人雖然還未曾參與其事，但是高翔已經剿滅過好幾處赤魔團的分部了。

但是由於赤魔團的組織嚴密，分部和總部之間的聯絡方法時時變換，一切聯絡通訊，都使用代號密碼的緣故，是以警方並不知道那就是赤魔團的分部，還當那是一些小的犯罪組織而已。但是赤魔團的首領，卻已經感到威脅了。

而且，副首領癆病鬼是一個十分聰明的人，他知道在他們之前，有許多組織被木蘭花等三人所殲滅，故不到萬不得已時不去惹木蘭花，實在是最安全的辦法，但如果他們想要大幹而特幹，卻又勢在難免的，因之這幾個月來，表面上看來雖然平靜無事，但實際已暗流洶湧了！

在這樣的情勢之下，江濤的求見，當然正合赤魔團的首領、副首領的需要，所以他能夠獲見赤魔團的首腦分子，而且在兩天之後，展開了這個行動！

如今，他坐在高翔的車子之中，他將時時刻刻地記著，自己是高翔，而不是江濤了，他已是一個大人物，一個十分重要的大人物了！

利用高翔的地位，他簡直可以為所欲為，他當然不會永遠假冒高翔的，他要利用機會，狠狠地弄上一大筆錢，他會害死木蘭花和穆秀珍，使得赤魔團的聲威大振，他不但又可以得到一筆巨額的報酬，而且，他也會成為全世界犯罪分子所欽仰的人！

江濤不禁佩服起自己的聰明來，如果不是想到了假冒高翔這一步，他只怕直到如今，還只是走私集團中的一個小角色！

他有點飄飄然，好幾次幾乎將車子駛上人行道去。

等到他到了警局的前面，將車子停下，跳下車來的時候，他的心中不由自主地感到一股寒意！

雖然，他明知自己假冒的身分是不會被人發覺的，但不論是怎樣鎮定、老練的犯罪分子，只要他是在進行著犯罪活動的話，他是一定會心虛的，那是邪不勝正的至理，江濤自然也不能例外。

望著森嚴的警局大廈，他幾乎沒有勇氣踏出車子去！

他呆了好一會兒，才推開了車門，這時如果有人注意他的話，可以發現他的手是在微微發著抖的。

他鼓足了勇氣，向前走去。

在好幾次行動中，高翔的英勇已贏得了一致的讚賞，所以警方所有的工作人員都是對他十分尊敬的，這時，江濤向內走去，一路上，不斷有人向他打招呼，江濤竭力使自己保持自然，他模仿著高翔的微笑，和人點著頭，但是他的麻煩立即來了！

他不知道高翔的辦公室在什麼地方。

因為他未曾到過警局的內部！

而且，人家都誤認為他是高翔，他卻對所有的警官全是陌生的，他慢慢地向前走著，直到遇到了一個年輕的警官，他才伸手在那警官的肩上拍了拍。

「高主任。」那年輕警官連忙立正。

「你，」江濤帶著微笑，「到我的辦公室去，我有些話要和你說。」

「是，高主任。」年輕警官答應著，向樓上走去。

江濤跟在他的後面，這樣，他便有人帶路，可以知道高翔的辦公室在哪裡了，他用這種辦法，進了高翔的辦公室。

他又看到高翔辦公室外坐著兩男一女三個警官，他自然知道那是高翔的主要助手了，然後，他打發了那年輕警官，在高翔的辦公室中坐了下來。

這是他夢想成為事實的一剎那！他事前擬定的計劃，這時可以一件一件的付諸實行了！

他需要先瞭解警局的人事，是以他先吩咐接線生，接通局長室的電話，他向方局長說，由於特殊的原因，他需要全局較高級人員的人事檔案。

方局長對高翔的請示，向來是批准的，這次自然也沒有例外。

江濤的第二個步驟，是吩咐外面的兩男一女，三個警官搬進來辦公，他自稱要研究檔案，日常的事務要交給三人處理。

那樣，他就可以知道高翔平日究竟做一些什麼事，以及那事是如何處理的，他是個聰明人，他相信不必多久，他就可以熟悉了。

那三位警官對「高翔」的這個命令雖然覺得有些奇怪，但還是服從了。沒有多久，大量的檔案也已送到了「高翔」的辦公室來。

赤魔團已成功地埋伏了一顆定時炸彈在警局內部，這顆「定時炸彈」不一定要大爆炸，只要略有動作，警方便會蒙受巨大的損失！

但是卻沒有人知道。

甚至連高翔也不知道！

在山雲道的餐室中，高翔在知覺全失的情形下，被赤魔團中的人架著，從餐室的後面走了出去，一輛小型貨車早已停在不遠處，高翔被拋進了車廂，車子立即開動，半小時之後，便已到了赤魔團的總部之中，高翔被搬到一張椅子上。

首領，癆病鬼副首領，和其他幾個首要分子，都坐在他的前面。

如果不是他們已接到了確切的報告，說江濤已經到了警局，他們只當坐在面前的仍是江濤了。

使高翔昏迷的麻醉劑，是麻醉性極其強烈的「速昏劑」，這種麻醉劑在和血液接觸之後，能在不到一秒鐘的時間內令人喪失知覺。

由於喪失知覺是突如其來的，大腦的活動突然被抑止，所以昏迷者在醒過來之後，往往不知道自己曾經昏迷過，如果在昏迷之前，是正在講一句而未曾講完的，那麼在醒過來之後，就會繼續地講下去，在昏迷之前是在做什麼動作的，醒過來之後，也會繼續做下去。

如果昏迷的人未曾移過地方，那麼這個人可能根本不知道他曾經昏迷，只是驚訝時間會為什麼忽然過了一小時而已！

高翔這時的情形，就是這樣的。

他陡地恢復了知覺，伸手在頸上摸了一摸，射中他臉頰的毒針，早已被拔去了，而高翔在一摸之後，他陡地呆住了。他看到了眼前的那些人，看到了自己是處在一間相當寬大華麗的房間之中，而他記得，自己明明是在廁所之中的！

他還以為自己是在夢中，他使勁地搖了搖頭，然而，副首領陰森的笑聲，卻喚起了他的記憶，他多少已知道發生了什麼事了。

當然，他的心中不是沒有疑點的。

他知道自己是被對方弄昏迷了過去，被帶到這裡來的，但是對方有什麼辦法帶走他，而不被埋伏著的六名探員發覺呢？而且，他們何以那樣大膽，敢公然採取這樣行動？因為他的突然失蹤，必然會引致警方採取有史以來最嚴密的搜索，對方能夠逃過這種搜索的機會，實在是微乎其微的！

所以，高翔立時收起了面上那種迷惘的神色，恢復了鎮定，他伸了一個懶腰，道：「你們是幹什麼？我失蹤了，你們會太平麼？」

在他面前的那些人，都瞪著他而不出聲，高翔站了起來，道：「怎麼，你們全是啞子麼？快讓我離開這裡，要不然你們就後悔莫及了！」

直到這時，副首領才問道：「你，是誰？」

高翔一生之中，實是再沒有聽到過比這個問題更混帳一些的問題了！自然，那是因為高翔並不知道其中的許多內幕的緣故。

如果他知道那些內幕，他便會知道那問題是問得有原因的了。

赤魔團方面，是準備高翔一到，便立時將之殺害，免留後患的。副首領一面在問，右手已伸進了衣袋之中，只消他的手指一扳，一粒子彈便立時可以穿過他的衣袋，射向高翔的咽喉。

為什麼他還不扳動手指呢？

這似乎是不可思議的事，但說穿了卻也十分簡單，因為他不能肯定眼前這個人究竟是誰，那是高翔呢？還是江濤？

他要弄清楚眼前這個人的確是高翔，才能下手，所以他才會問出了那個高翔認為是混帳之極的問題來的，而他的手指也已漸漸地扣緊了。

如果不是高翔認為他的問題是如此之不合情理的話，那麼，高翔一定會乾脆回答「我是高翔」了，但如今他卻不，他笑了兩下，反問道：「你以為我是誰？」

副首領呆了一呆，他仍然未曾弄清對方是誰。而他雖然接到那個將高翔帶到這裡的團員報告，說這個人是高翔，他怎能肯定沒有弄錯呢？

這是他們除去木蘭花等人的大好機會，是不能以誤殺自己人的悲劇而錯過了這個機會的，本來，他只消和江濤通一個電話就可以解決問題了，但江濤曾說過，他和總部的聯絡必須是單線的，也就是說，總部不能打電話給他，以免給人猜疑！

所以，癆病鬼再一次問道：「你是誰？」

高翔更是愕然了，他腦中飛速地在思忖著，這是什麼意思？看這裡的情形和他們行事的手段，他們是一個十分具規模的犯罪組織。

而如今，那瘦子向自己喝問之際，又不像是在開玩笑，難道說，他們真的不知道自己是什麼人麼？這究竟是什麼意思？

高翔雖然不明白對方這樣屢次問自己是什麼意思，但是他是十分機伶的人，他看出，如果自己不給以肯定的答覆，那麼是可以使對方感到困惑的。

高翔這時不知道自己在什麼地方，也不知道對方是什麼人，他只知道如今自己的處境十分不利，那麼，能令得對方困惑，總是好的。

他又聳了聳肩，道：「你看我是什麼人？」

副首領厲聲道：「你是高翔？」

高翔作了一個電影小生的姿態道：「像麼？」

副首領發怒了，他突從衣袋之中，將槍取了出來，對準了高翔，道：「快說，你是誰，不然不管你是誰？我都立即殺了你！」

本來，高翔固然知道自己的處境不利，但卻也不明白不利到了什麼程度，但這時看到了對方扣在槍機上的手指，他明白了！

他明白自己是在極度危險的境地之中！

他非立即採取行動不可了！

他伸出左手去，道：「別開槍，別開槍！」

他一面叫，一面用右手的手指向左腕上摸去，他左腕上所戴的手錶，有一個小小的機關，如果他觸及「把的」的話，是會有一個小型的煙幕彈射出來，這個房間中立時會濃煙密佈的。

可是，當他的手指碰到他的左腕之際，他立即呆住了！

他的手錶已經不在了！

他連忙豎起左腳，腳跟在地上重重地碰了一下，他的鞋跟中也有小小的機關，用力一碰之後，是會射出一大篷尖針來的。

可是這時，他連碰了兩下卻一點結果也沒有。

他低頭一看，鞋子也換過了！

他實在是呆住了，而當他有這一連串的動作和發怔的表情之際，不必他多說什麼，任何人都可以知道他是高翔，而不是江濤了。

副首領癆病鬼手指扣緊！

「砰！」一粒子彈自他手中的手槍射了出來！

3 假高翔

木蘭花在整理著花園中的玫瑰花，穆秀珍在她的身旁，提著花灑。

這正是玫瑰花盛開的季節，木蘭花種了十幾盆黃玫瑰，正開得十分燦爛，穆秀珍提著花灑，卻心不在焉地向外面望著。

這時，已接近黃昏時分了，夕陽西下，映得滿天紅霞，外面的景色十分宜人。

木蘭花立即發現了穆秀珍的心不在焉，她皺起了眉，道：「秀珍，該澆水了。」

「噢，是。」穆秀珍提起花灑就淋下去。

「夠了！」木蘭花連忙叫，「秀珍，你在看什麼？」

「我在等高翔！」穆秀珍嘟起了嘴。

「等高翔幹什麼？」

「他和我說好的，今天替我送一件東西來的，那是一件由聲波控制的武器，放在離人七呎之內，只要大喝一聲，就會受到感應而有所動作了。」穆秀珍興趣十足的說著，可是最後仍是嘟起了嘴，「現在，已過了半小時，還不見他來！」

木蘭花淡然笑了笑，她剪下了一片葉子，道：「我看那種武器也沒有什麼用處，因為它不能事先瞄準敵人，作用便不大了。」

「高翔說，將它做成一只打火機的樣子，放在几上，趁人不注意的時候擺動一下打火機，是不會有人注意的！」

木蘭花又笑了笑，道：「高翔不是不守時間的人，我看他不會來了，他一定是有什麼要務纏住了，所以將這件事忘了。」

「豈有此理！」穆秀珍重重地把花灑放在地上，「我打電話去問他！」

「你知道他在什麼地方？」木蘭花故意問。

穆秀珍呆了一呆，但是她立即笑嘻嘻地道：「蘭花姐，你剛才說，他不是遲到的人，如果他不來，一定是有公事，我打電話到警局去就行了！」

木蘭花點了點頭，道：「對！」

穆秀珍得到了木蘭花的誇獎，心中更是高興，一跳一蹦跳了進去，拿起了電話來，撥了高翔的電話。她並沒有等多久，便聽到高翔的聲音了。

「喂？找誰？」

「找你！」穆秀珍立即大聲道。

那邊的「高翔」嚇了一跳。那是一個女子的聲音，女子一定和高翔十分熟，但是，那女子是什麼人？是木蘭花麼？

一想到木蘭花，假高翔的心頭，便不禁怦怦亂跳了起來。他知道，自己要假扮高翔，最難過的一關，便是和木蘭花見面了。

木蘭花是一個十分美麗的女子，幾乎每一個男子都是樂於與之親近的，但唯有假高翔一個人是例外，他害怕自己在木蘭花的面前無所遁形！

他一面心中狂跳，一面不知講些什麼才好。

那面，穆秀珍卻已經不耐煩了，她又大聲道：「喂，高翔，你在搞什麼鬼，為什麼不出聲？」

「我……我……」假高翔仍是心慌意亂。

「我什麼？可是因為公事忙而失了約，不好意思解釋？那不要緊，你辦完公事再來好了！」穆秀珍一連串地講著。

假高翔心知這一關不過是不行的，他硬著頭皮道：「你……你是誰？」

「高翔！」穆秀珍怪叫了起來：「你想死麼？連我的聲音你都聽不出來了？你究竟在幹什麼？哼，看我以後睬你不！」

她叫得如此之大聲，以致在花園中的木蘭花也聽到了，木蘭花站了起來，叫道：「秀珍，你在幹什麼？在電話上吵架麼？」

「蘭花姐，你說高翔是不是荒唐麼？連我的聲音也聽不出來，反問我是什麼人，他一定是撞見大頭鬼了，不然怎會這樣失魂？」

假高翔本來感到局面難以應付，手心已在冒汗了，但是，穆秀珍這一叫，卻替他解了圍，他知道和自己通電話的是誰了。他頓時鎮定了下來，道：「秀珍，就算我一時認不出你的聲音，你也不必發脾氣啊！」

「還有，你失約了。」

高翔和穆秀珍有約，這是假高翔在事先根本不知道的，他連忙推搪道：「有些特別的事情耽擱了，我現在就來了。」

「好，恕你無罪，喂，將你講的東西帶來。」

假高翔又是一呆，「那是什麼東西？」

可是不等他再問，心急的穆秀珍便已經收線了，假高翔抹了抹汗，穆秀珍要自己帶去什麼呢？一束鮮花？一盒巧克力？一個洋娃娃？

他感到頭昏目眩，他答應去，那是一定要去的，可是到時怎麼說呢？只好隨機應變了，反正醜媳婦難不免要見公婆面，既然要假充高翔，不見木蘭花是不行的！

假高翔出了辦公室，上了車，向木蘭花的寓所駛去，一路上，他在想著：自己如果不是想藉高翔的地位撈一些意外之財，是可以一見到木蘭花，便出其不意地將之殺害的。

但如今卻不能這樣做，一定要先用盡方法使木蘭花相信自己是真的高翔，那麼，自己的地位穩固之後，殺害木蘭花的機會太多了，而且還可以趁機大發其財！

他盡力使自己鎮定，而且，也已經想好了見了面之後的第一句話，但是，當他到了木蘭花住所門口之際，他仍然不禁慌張了起來。

他整了整領帶，下了車。

他剛來鐵門口站定，穆秀珍便奔出來了。

本來，他是想爭取一見面就講話的，可是心急的穆秀珍卻沒給他這個機會，穆秀珍一面向前奔來，一面叫道：「你總算來了，東西帶來了沒有？」

假高翔心頭一跳，道：「沒有，今天事情太忙，忘了。」

穆秀珍立時撅起了嘴，道：「豈有此理，忘了，你還來做什麼？快回去拿！」

「秀珍，」假高翔攤開了手，「我先進去坐坐可好？」

穆秀珍「哼」地一聲，道：「也好，那你說，什麼時候帶來給我，我等了足足一天，但是卻等不到，恨不得打你兩下！」

假高翔只是笑著，並不出聲，言多必失，這一點他是知道的。

穆秀珍一面咕噥著，一面打開了鐵門，木蘭花也已站在房子的門口了。

他越向前走去，心就跳得越是厲害。

害怕是一種難以控制的感覺，是以他雖然竭力鎮定，他的面色還是變得十分異樣。所以，當他來到木蘭花跟前的時候，木蘭花第一句話就是：「咦，高翔，你不舒服麼？怎麼你的臉色這樣的難看？」

「我？」假高翔又嚇了一大跳，連忙掩飾，「或許是今天用的腦筋太多了，我……是有點感到精神不濟，如果不是要到這裡來，我早已去休息了，我……連答應秀珍的東西也忘了帶來。」

「那你進來坐一會兒就回去好了，先喝點酒，怎樣？」

「好的，謝謝你。」

穆秀珍跟在後面，道：「哈，你什麼時候居然客氣起來了？那一瓶威士忌，你未經許可已喝去了一大半，何曾說過謝字？」

假高翔吃了一驚，這又露出馬腳來了，要小心應答才好！他和木蘭花一起來到了酒架之前，接過了木蘭花為他倒的酒。

他喝了一口酒，坐了下來道：「舒服多了！」

「高翔，可有什麼特別的事麼？」

「沒什麼，」假高翔取出了煙，吸了一口，「只不過方局長要我仔細再審查一下全局高級人員的檔案，所以看到頭昏腦脹。」

假高翔直到此際，才敢直視木蘭花。

他望著木蘭花，心中不禁在想：高翔這傢伙真是太幸福了，不但在警界有著那麼高的地位，而且還能夠和這樣美麗的女黑俠木蘭花談情說愛！

他心中在羨慕著高翔，忽然他又笑了起來，他何必羨慕高翔呢？真正該被人羨慕的是他自己，因為如今，他才是高翔！

真的高翔，當然是一到赤魔團的總部就被解決了，他是高翔的身分，是絕無疑問的了，自己可以和這位美麗的女俠一下子便進入到十分親熱的階段！

他在想入非非中，一下子將半杯酒喝完了。

木蘭花也道：「你精神已然不好，快回去休息吧。」

假高翔也不敢停留得太久，他忙按熄了煙頭，道：「是，我明天再來。」

「你明天來，可得把答應我的東西帶來了！」穆秀珍忙提醒高翔。

「一定！」假高翔走了出去，木蘭花送到了門口，看著他上車，將車子駛走，但是木蘭花仍然在門口佇立著不動。

「蘭花姐，」穆秀珍雙手結成一個環，掛在木蘭花的肩上，「還在看什麼？是不是不捨得他一下子又走了，噢？」

「當然不是。」木蘭花的聲音很低沉。

「還說不是？看你一臉憂鬱的樣子！」

「別胡說了，我是在想——」

「你在想他，是不是？」

木蘭花瞪了穆秀珍一眼，道：「是的，是在想他。秀珍，你可曾看出今天晚上，高翔和以往大不相同麼？至少有三處，他簡直是另一個人！」

穆秀珍瞪大了眼睛，道：「蘭花姐，你這樣講法，是什麼意思？高翔還是高翔，怎麼會是另外一個人？我不明白。」

「如果你平時留意高翔的小動作，你今晚也會發現的了，首先，高翔喝威士忌的習慣是什麼，你可說得上來麼？」

穆秀珍想了一想，立時豎起了一隻手指來，道：「我記得了，加冰，有一次我們的冰箱壞了，沒有冰，他寧願不喝的。」

「對，今天他喝酒，加了冰沒有？」

「沒有。」

「第二，高翔吸的什麼煙？」

穆秀珍睜大了眼睛，搖了搖頭。

「他是吸沒有濾嘴的美國煙的，他很討厭濾嘴香煙，可是今天他卻吸濾嘴煙，而且，還咬濾嘴咬得很厲害，這絕不是一個不習慣吸濾嘴煙的人所會有的習慣！」

穆秀珍呆了一呆，道：「還有呢？」

木蘭花道：「高翔到我們這裡來，一直是直駛到門口的，今天，他卻將車子停在離門有七八碼處，你應該注意到這一點的！」

穆秀珍抓了抓頭，她顯然沒有注意這一點。

木蘭花轉過身，穆秀珍也轉過身來，她第一件事，便是向煙灰碟中看了一眼，果然，是一支濾嘴煙，而且濾嘴被咬出了很深的齒痕來。

她望著木蘭花，木蘭花道：「秀珍，在我舉出了這三個不同之後，你有什麼結論？不妨講出來，讓我聽聽你的意見。」

「結論？或許是……他改變了習慣？」

「當然不是，這種連自己也不注意的小習慣，是不會改變的，秀珍，你不妨再想一想。」木蘭花緊緊蹙著秀眉，顯然她也在思索。

穆秀珍來回地踱著，突然，她叫道：「我知道了，高翔的心中一定有著極其重大的心事，所以才會失魂落魄的！」

木蘭花點頭道：「這有點像了，他有什麼心事呢？」

「我打電話去問他！」

「不，他剛才既然沒有和我們說，你打電話去，他也不會說的，倒不如打電話去問問方局長，警方近來可有什麼疑案的好。」

「我就打。」穆秀珍連忙拿起了電話。

可是這個電話卻並不能解釋她們心中的疑慮，因為方局長回答說，這些日子來，並沒有發生什麼疑案，高翔的一切也很正常！

「怎麼辦？」穆秀珍放下了電話，攤開手問。

「我想去看看他。」

「我也去！」

「不，我並不是去看他，我的意思是，我要去偷偷地看他一眼，如果他真有重大的心事，而又不肯向我們說，那一定是有原因的，我們應該偵知他的心事，並且去幫助他，你不必去，由我一個人去就可以了。」木蘭花勸阻著穆秀珍。

穆秀珍十分不高興，但是她卻也無法可施，只得咕咕噥噥地，也不知她在講些什麼，而木蘭花則已上樓去準備一切去了。

十分鐘後，木蘭花已帶了應用的東西，換了裝束，離開了住所，只剩下穆秀珍一個人，悶氣地對著電視機上極無聊的節目在生氣。

木蘭花在車子中，仍然不斷地思索著。

高翔是性情十分開朗的人，如果他有心事不能說，那一定是十分重大的事，自己是一定要弄明白的，就算他不願意別人公開幫助，也要在暗中幫助他！

木蘭花又想起自己前些日子，由於服下了定期發作的毒藥，高翔為了救自己，在暴風雨中駕著飛機前往Ｐ城，如果不是由於特殊的幸運，他也早已粉身碎骨了！

從那件事情之後，木蘭花對高翔的感情已起了極大的變化，所以這時，當她想到高翔可能遭到了極大的困擾之際，心中也格外焦慮。

車子到了高翔居住的大廈門口，木蘭花找地方停下了車，她下了車之後，心中仍然在猶豫：自己是否應該開門見山地去見高翔呢？

她考慮了並沒有多久，便決定仍然按照原來的打算，暗中去窺伺高翔，以偵知高翔的心中，究竟是有著什麼樣的秘密。

她很快地便沿著水喉爬了上去，到了陽臺。

陽臺是通向高翔臥室的，這時，臥室中正有燈光，但是，落地長窗卻被窗簾遮著。

木蘭花輕輕地拉了拉門，門鎖著。

她取出了一柄玻璃刀來，在玻璃上輕輕地劃著，就在這時候，她聽到了臥室中高翔在撥電話的聲音。

等到木蘭花已成功地將一塊手掌大小的玻璃割下來之際，她聽得高翔道：「我如今已在他的家中了，一切順利，以後，我們還是少聯絡的好，你更不能主動地和我聯絡！」

木蘭花呆了一呆。高翔是在做什麼？從這幾句話聽來，他似乎正從事一項秘密工作，但是，什麼叫著「如今我在他的家中」？這是什麼意思？

木蘭花一面在想著，但是思索卻絕未阻礙她的動作，她又取出了一柄極其鋒銳的小刀來，在窗簾上輕輕地劃出了一個小孔，她從那小孔望進去，只見高翔剛放下電話。

高翔一放下電話，便轉過身來。

當高翔一轉過身來的時候，木蘭花心中的疑惑，更到了極點！

因為高翔絕不是像她想像那樣地愁眉苦臉，而是一派得意！

而且，那種得意之狀，木蘭花以前從來也未曾在高翔的身上發現過。木蘭花在那一剎間，只覺得自己完全料錯了！

她以前預料，高翔的心中一定有著十分為難的事！可是，如今從這樣的情形看來，高翔的心中所有的，並不是什麼為難的事，而是極值得高興的事，為什麼他會不將這高興的事告訴他人呢？

木蘭花不出聲，只是仍然向內看著，她聽得高翔忽然吹起口哨來，吹的是一首流行歌曲，然後高翔在臥室內東走走，西摸摸，像是對一切都很有興趣一樣。過了不多久，他又走了出去，將臥室的門關上。木蘭花趁此機會，從玻璃洞中伸進手去。

她伸進手去一轉，便將門打了開來。

她連忙閃身進去，她本來是準備在臥室中躲起來，等高翔回來之後再詳察隱秘的，可是她才到了臥室中，便聽得外面客廳中傳來了「砰」地一聲響，和高翔的一聲驚呼！

那兩下聲響，令得木蘭花陡地一呆，她心中第一件想起的事，便是：高翔出事了，她立即衝到了門口，待將門打了開來。

但是她的手剛一握住了門把，高翔的聲音卻又傳了過來，他是在罵人，罵道：「他媽的，什麼玩意兒，真不是東西。」

隨著他的罵人聲，他的腳步聲重又向臥室之中傳了過來，木蘭花連忙一閃身，閃到了門邊，她才站定，門便被用力地打開了。

高翔怒沖沖地走進來，他的身上濕淋淋的，一陣酒味，像是有一整瓶酒都打翻在他的身上一樣，他衝進了房間，木蘭花就在他的背後！

但是他卻並不轉過頭來，直衝進了浴室中，他一進浴室，木蘭花便閃到了窗簾之後，躲了起來。過了十分鐘，高翔又出來了。

木蘭花看他在衣櫥中尋找著，找了相當時間，才找到一套睡衣，換上睡衣，躺了下來，只見他睜大著眼，看來一點睡意也沒有。

木蘭花好幾次想要掀開窗簾走出去，但是她知道事情一定大有蹊蹺，而在她還未曾弄清是什麼蹊蹺之際，她知道自己是不宜現身的。

過了五分鐘左右，高翔一翻身，熄了燈，臥室之中陡地黑了下來。

木蘭花仍然站在窗簾之後，又過了許久，忽然聽得高翔自言自語地道：「應該打一個電話給木蘭花！」

隨著他這一句話，「啪」地一聲，床頭燈又亮著了，高翔翻身起來打電話。

木蘭花看得十分清楚，高翔的神情十分異特。她難以想像這樣神情的人，心中在想些什麼，但是她卻可以肯定，在以前，從來也未曾見過高翔的臉上有這樣的神情過！

要知道江濤經過了整容醫生高明的手術之後，他的面貌和高翔的確是一模一樣的了，但是整容手術卻只能給他一個和高翔相同的外貌，而無法給他和高翔相同的思想感情，所以他的神情和高翔不同，那也是十分自然的事情。

高翔撥了電話，沒有多久，便有人接聽了，那自然是穆秀珍，因為聲音大得連躲在簾後的木蘭花都可以聽得到了。

「喂，找誰？」穆秀珍大聲問。

「我，我是高翔，」但高翔嚇了一跳，「蘭花在嗎？」

「不在！」

「噢，她不在？她在——」

穆秀珍看來仍在生氣，因為不等高翔講完，她便又大聲道：「她在你那裡——」她話講了一半，便突然停止了沒有再講下去。

木蘭花的心中，苦笑了一下。那自然是穆秀珍已想到，那是不能對高翔講的，但是卻衝口講了出來。

木蘭花心想，她講了也好，自己可以現身和他相見了。

可是，假高翔的動作，卻又令得木蘭花暫時不動了。

只見假高翔的面色突然一變，「啪」地放下了電話，陡地拔了手槍在手，一躍而起，靠牆而立，如臨大敵一樣！

在那一剎間，木蘭花心中的疑惑又提到了一個新的高度，高翔知道她要來，為什麼那麼緊張？從什麼時候起，高翔將她當敵人了？

正在木蘭花這樣想的時候，高翔的臉色緩和了下來，舒了一口氣，也放下了手中的槍。到了這時，木蘭花也忍不住了。

木蘭花一掀簾，向外走了出去。

當她現身之際，高翔的臉白得像紙一樣！

他背貼著牆，一動不動地站著，雙眼望著木蘭花，彷彿木蘭花是一個可怕的妖怪一樣。在那樣的情形下，木蘭花也覺得無話可說。

兩人對立了好一會，還是木蘭花先開口。

木蘭花道：「我，我早就來了。」

高翔像傻瓜似地重複著，道：「你，你早就來了？」

木蘭花嘆了一口氣，道：「高翔，你有什麼心事？」

「沒有，沒有。」假高翔連忙否認，「絕對沒有心事。」

木蘭花不再說話，只是以極其銳利，似乎是可以洞察一切的目光，逼視著高翔。在木蘭花這樣的逼視下，假高翔幾乎昏了過去！

如果這時候，他不是靠牆而立的話，說不定他已支持不住而跌倒了，他心中千百遍地在告訴自己：別害怕，她認不出來的！

可是，木蘭花的逼視，仍然使他覺得害怕。

足足過了五分鐘之久，木蘭花才道：「高翔，你當我看不出來麼？我什麼都明白了，如果你不說真話，那使我太失望了。」

假高翔仍是一味搖頭，道：「蘭花，真的沒有什麼，你別太疑心了，我……和以前，不是一樣麼？我……實在沒有什麼事！」

木蘭花道：「好，那很好！」

她一轉身，打開了臥室的門，假高翔舒了一口氣，他知道木蘭花生氣了，但是他卻感到很高興，因為他實在怕和木蘭花在一起，他感到木蘭花的眼光之中，對他的疑慮越來越深，若是太接近了，總有一天木蘭花會叫出「你不是高翔」這句話來的。

4 出師得利

他沒有挽留木蘭花，聽憑木蘭花打開了門，走了出去。

在木蘭花離去之後，他又作了一番檢查，他知道木蘭花是從什麼地方進來的了，他回憶著自己的一切動作是不是有破綻。

他打了一個電話，那電話是打給赤魔團首領的，幸而他並沒有講什麼，最使他不安的是，高翔的酒架上，竟是裝有機關的，當他想取一瓶酒來喝的時候，那瓶酒突然彈了起來，撞破了，酒淋得他一身。

這件事，自然會引起木蘭花的疑心，但是木蘭花恐怕也只是認定他有心事而已，自己一味否認，讓木蘭花對自己主動冷淡一些也是好的。

他感到十分安心，當他再躺下去的時候，在高翔的床上，他很快地就睡著了。而當他睡著的時候，木蘭花也回到了家中。

只不過木蘭花卻沒有睡。

木蘭花只是坐在沙發中，不論穆秀珍怎樣叫她，她都不上床。

後來，穆秀珍自己賭氣先去睡了，木蘭花仍然一動不動地坐著。

她感到自己從來也未曾如此地困惑過！

高翔可以說是她最好的朋友了，他們兩人同生共死，不知經歷過多少艱險，而且，還已經發展到比友情更進一步的感情了。

可是，一下子，忽然間，高翔變得如同一個陌生人一樣，一個陌生人……當木蘭花乍想到這個念頭之時，她著實吃了一驚。

的確，如今的高翔，像是陌生人一樣！她變得不瞭解他，而他明明有著心事，卻也不肯告訴自己，這究竟是為了什麼？

那一定是有原因的！木蘭花就是苦苦地在思索著其中的原因。

可是她卻一點頭緒也沒有。

當夜已很深時，木蘭花才站了起來，可是她卻不是去睡覺，而是破天荒地為自己斟了一杯酒，放下了好幾塊冰塊。

然後，她重又回到了沙發中，握著酒杯，輕輕地搖動著，等到她認為冰塊的撞擊聲令得她心中更是煩亂的時候，她幾口就喝完了酒。

直到天色將明時分，她才在朦朧中睡著了。

下午，方局長的辦公室中，木蘭花走進來，方局長站了起來，表示歡迎，而當他看到了木蘭花憔悴的神色之後，他也不禁一怔。

木蘭花在方局長的對面坐了下來，方局長用十分驚異的聲音問道：「蘭花，你為什麼要等高翔出去了才來見我？」

「我是有道理的，高翔到哪裡去了？」

「我們接到情報，說是有一大批幾可亂真的偽鈔運進了本市，他去截擊了，這個任務，可以說是一點危險也沒有的，因為警方已獲得了極確切的情報，你可是在為他擔心麼？」

「不，」木蘭花搖了搖頭，可是她又立即點頭道：「是的。」

她那精神恍惚的情形，令得方局長更是詫異，他望著木蘭花，一時之間，竟不知該說些什麼才好。

木蘭花嘆了一口氣，道：「方局長，我想高翔一定是遭到了極大的變故了。」

「蘭花，」方局長站了起來，「我真不知道你這樣說是什麼意思，我和他日日見面，每天因為工作而會商，但是我怎麼不知道？」

「我這樣說是有原因的，你聽我講！」

木蘭花將昨天晚上，高翔到她家中去，和以後她上高翔家中去的情形，詳詳細細地講了一遍。

方局長聚精會神地聽著，等到木蘭花講完，方局長來回踱了幾步，道：「那麼，你的意見究竟怎樣呢？你可有了結論了？」

「還沒有，但是其中一定有極大的變故，這該是毫無疑問的事情。」木蘭花再一次肯定地說，並且揮著手，來加強語氣。

方局長又踱了幾步，才道：「蘭花，我有一個看法。」

木蘭花望著方局長，可是方局長卻又不將他的看法立時講出來，他頓了一頓，才又道：「我說了出來，你可別惱我。」

「不會的。」

「蘭花，是不是近來，高翔對你的感情有了點變化？」

木蘭花聽了之後，長嘆了一聲。

她心中並不生氣，她只是焦急！

她敏銳的感覺，使她知道在高翔大異於往常的蹊蹺之中，一定蘊藏著極大的變故，一定有著一件十分重要，十分重大的事正在醞釀中。

她不知道那究竟是什麼事，可以說一點也不知道，絕無頭緒，但是她卻知道，那是一件性命交關的大事，因為這事起得如此神秘，如此難以捉摸！

可是方局長卻顯然未曾認識到這件事的嚴重性！他竟以為這是兒女私情，只不過是因為高翔對她感情起了變化而已！

木蘭花在長嘆了一聲之後，站了起來。她覺得在目前還沒有確切的證據之前，想要方局長相信這件事的嚴重性是十分困難的，所以她不準備再和方局長談下去了。

方局長十分恐惶，他叫道：「蘭花——」

木蘭花搖頭道：「我沒有惱你，方局長，請你相信我一句話，這是一件十分嚴重的事情，如果你發現高翔有什麼和往日不同的地方，請你立即告訴我！」

或許是木蘭花嚴肅的神情，使得方局長也覺得她絕不是在毫無根據地疑神疑鬼，是以他點頭道：「好的，我一定照辦。」

「記得，不要讓高翔知道我們今天的談話，不要將你和我的聯絡讓他知道，我請求你，方局長。」木蘭花再度提出了要求。

方局長感動地點了點頭：「一定，一定。」

木蘭花離開警局，回到了家中，她的心中十分亂，一路上，她也禁不住在想：是不是真如方局長所講，是高翔對自己的感情起了變化呢？

可是想來想去，這卻是絕無可能的事！

她心神恍惚，一直回到了家中仍然坐立不安。

在她回到家一小時之後，方局長的電話來了。方局長在電話中講的話很簡單，他道：「蘭花，我派關警官來見你。」

「什麼事？」

「高翔沒有完成應該完成的任務，這是前所未有的，關警官會和你詳細地講述當時的經過的，關警官是極可靠的人。」

方局長一講完，便掛了電話。

由於又有了一項新的線索，是以木蘭花的精神振作了起來。

穆秀珍並不在家，在她回來之前，穆秀珍已經出去了。

穆秀珍留下了紙條，說她出去了，所以木蘭花接到了電話，便立時到樓下，等候那位關警官的到來。

二十分鐘之後，關警官來了。

出乎木蘭花的意料，關警官是穿著便服來的！

木蘭花曾經見過關警官幾次，是以是不是穿制服，對於木蘭花認識關警官的身分是並沒有問題的，木蘭花將關警官延入屋中。

關警官一坐下來，就道：「蘭花小姐，高主任是我最敬愛的上級，我奉派來向你報告剛才我們辦案的經過，我的心中十分痛苦。」

關警官十分年輕，他的話也有著年輕人特有的坦誠，木蘭花從這幾句話中，便覺得他是一個十分誠實的人，她點頭道：「我明白，我和高翔的友情，我想你也是知道的，我雖然還不知道事情怎樣，但是我相信你如果感到痛苦，我自然也是一樣的。」

關警官又嘆了一聲，道：「高主任帶著六個人——連我在內，去包圍一座舊木樓，有一批製作得十分精美的偽鈔被藏在裡面，那是二次世界大戰期間，納粹為了擾亂英美經濟而製造的假英鎊，假美鈔的一部分。」

「我知道，」木蘭花點頭道：「這一批偽鈔是最好的偽鈔，連英、美的專家也難以辨得出真假，而且這批偽鈔都是舊的，是經過速舊處理的。」

「是，是，」關警官點著頭，「我們四個人被命令包圍木樓的四面，高主任帶著另外兩個人衝了進去，據情報，匪徒方面為了避免引人注意，幾乎沒有什麼人在防守，這是十分簡單的一次行動，但是，高主任衝了進去之後不久——」

關警官講到這裡，面上便露出十分痛苦的神色來。

「怎麼樣？」木蘭花關切地問。

「我們聽到了一下槍響，那是接連發出來的，我們四個人立時衝了進去，可是裡面沒有人，我們上了二樓，看到了三具屍體——」
「高翔死了？」
「不是，兩位警官死了，他們的要害部分中槍，在他們未曾倒地之前便已死去了，另一具屍體，則是一個瘦削的男子，那是一個吸毒者，高主任卻不在，我們發現窗口被損壞，剛在尋找高主任的下落，又聽到了槍聲，我伏在窗前，看到了高主任，他從後面的小巷中奔回來，高聲叫我們下去，我們就奔了下去，高主任說，有兩個匪徒在逃，要我們追上去。」
關警官苦笑了一下，續道：「我們追了上去，但是沒有所獲，等我們回來的時候，高主任召來救傷車，將殉職的人抬走了。」
「那麼，那批偽鈔呢？」
「沒有發現，高主任說那個吸毒者是他射死的，兩個殉職的警官則是死於在逃的匪徒之手，他們是一進去便遇到狙擊的。」
木蘭花的雙眉，緊蹙得像是打了好幾個結，她道：「你可還有你個人的意見麼？」
「我不能批評上級的不是。」

「你只管直說。」

「我……認為線報的來源既然是絕對可靠，那麼，高主任的行動就十分……不合理，我只是說……不十分合……唉，十分可疑。」

木蘭花臉上的神情十分嚴肅，道：「你是說他槍殺了那兩位殉職的警官，將事情推在並不存在的匪徒身上，而吞沒了那批偽鈔？」

關警官的臉色都變了，他忙道：「蘭花小姐，我……我絕無意對高主任作這樣的指控，你千萬不要誤會了我的意思。」

木蘭花道：「是的，我說得不對了，你必須千萬記著！今天你我的會面和談話，是極度的機密，絕不能對任何人講起！」

關警官點了點頭，告辭而去。

木蘭花又陷入了沉思之中……

假高翔沒有完成這次任務，並沒有使警局中的人有什麼非議，因為高翔過去的功績太彪炳了，人總是有錯失的，誰也不會因之責怪高翔的，但是假高翔卻得到了極大的甜頭！

他在進入木樓之後，連射了三槍，擊死了三個人，提著一大箱偽鈔，自二樓躍下，向前奔去，將箱子放在出口的垃圾箱中。

然後，他又轉回來，命令闞警官等四人向前追去，他則從容地將那箱偽鈔放到了他車子的行李箱中，即使動員全市的警員去搜索，也不會搜到警方特別工作組主任的車子上的。

而事後，這一箱可以亂真的偽鈔——總計三十餘萬美金和七萬鎊英鎊，便存進了銀行之中，由於假高翔是動用警方的名義將這筆錢存進去的，是以銀行方面根本未曾想到去檢驗這批鈔票的真偽！

假高翔心中的高興，實是可想而知的，因為他出師得利，他準備過幾天，便將這批錢匯到瑞士的一家可靠的銀行中去。

他還為自己設想了許多條財路，他要在最短的時間內，使他自己成為最有錢的人。於是，在以後的一個月中，警方發生了這樣幾件大事：

（一）一宗極大的藏毒案被破獲之後，大批毒品不翼而飛，負責看守毒品的幾名警員，慘遭殺害，專家認為這幾個警員，幾乎是在毫無抵抗的情形之下被害的，這是一件十分神秘的事情，那幾名看守毒品的警員為什麼竟會不反抗呢？

（二）監獄中的六名要犯，在幾乎不可能的情形之下相繼越獄而去。這六名要犯，全是犯罪組織中的大頭子，是極有身價的。

（三）走私案在這一個月中幾乎沒有被破獲，而幾名經常供給警方可靠情報的線人，卻全都遭到了殺害，使警方沒有了情報的來源！

這三件事，對假高翔來說，他所得到的好處已使他成為一個第一流的富翁了。

第一件，他得到了價值兩百萬美金的毒品，以七折的賤價賣了出去。

第二件，六名要犯是他在分別接頭之後，以每名五萬鎊的代價放出去的，他瑞士銀行中的存款，已增加了三十萬鎊。

第三件，本市和外地的走私集團，付給了他六十萬美金的鉅款，使走私得以大規模地進行，而警方則採取毫無效率的撲滅行動。

警方因為這一連串的事情，使士氣十分低落，而假高翔一面在竊笑，一面卻做賊喊捉賊，說一定有了內奸。

他用這個藉口，調開了許多平時對他已有不滿的高級警務人員，方局長一直在和木蘭花聯絡著，但高翔幾乎不和木蘭花見面。

木蘭花心中的疑心越來越重，可是她卻捉不住事情的焦點，是以仍然難以弄明白究竟發生了什麼事。她已然九成可以肯定有幾件事是高翔做的，但是高翔為什麼要這樣做呢？在未曾弄明白原因之前，木蘭花不想貿然採取行動。

木蘭花捕捉整個問題焦點的機會終於來了！

那一天傍晚時分，方局長的車子停在木蘭花所住的門口，木蘭花正在花園踱步，她一看到了方局長的車子，便拉開了鐵門。

方局長下了車子，他牽著一頭又高又大的警犬。

那頭警犬的毛色如金，十分雄駿，可是牠的前腿卻紮著繃帶。

木蘭花是認識這頭警犬的，這頭警犬叫史特朗，是警方最好的警犬，一個多月之前，他代表本市警方去參加國際警犬比賽，在這場比賽中，牠贏得了忠誠冠軍的銀杯。可是，如今牠卻受傷了！

木蘭花連忙抬起頭來，她是想發問的，但是方局長那種嚴肅異常的神色，卻使她的問話未曾講出來。

方局長也沒有講什麼，他只是小心地牽著「史特朗」，走過了花園，來到木蘭花的客廳中，穆秀珍也從樓上一口氣奔了下來。

穆秀珍一看到「史特朗」，便怪聲叫了起來：「啊呀，你怎麼受傷了？」

「史特朗」向穆秀珍撲了過去，嗚嗚地叫著。從牠的叫聲中聽來，牠像是受了極大的委曲。

木蘭花撫摸著「史特朗」的頸部，又輕輕地抬了抬牠受傷的腿，方局長苦笑著，道：「牠受了槍傷，是高翔射傷的。」

「高翔？」穆秀珍怪叫了起來，「這頭警犬是高翔最喜愛的一頭，他怎麼會捨得開槍射傷牠？這是為什麼，我打電話去問他！」

「不，別打，高翔說牠瘋了。」

「瘋了？」

「是的，今天牠才乘輪船回來，牠一回到警局，便直向高翔的辦公室衝去，本來牠和高翔是十分要好的朋友，可是……可是……」

「可是怎樣？」木蘭花和穆秀珍同聲問。

方局長道：「可是在打開了門之後，牠卻發出一陣狂吠，向高翔衝了過去，如果不是高翔立時射擊，射傷了牠，高翔已被牠撲中了。高翔要立時將牠槍殺，但給我阻止了，因為史特朗並不會瘋的，牠實在是一頭世界上最好的警犬。」

方局長話才講完，木蘭花便已陡地站了起來。

她的臉色是如此之蒼白，她的身子是那樣劇烈地顫抖著，這種異乎尋常的神態，使方局長和穆秀珍兩人都驚駭得說不出話來！

木蘭花也說不出話來。因為，在那一剎間，她心中一亮，已然明白那是怎麼一回事了！而當她明白了之後，她心中的駭然，悲痛，實是難以形容的！

方局長也連忙站了起來，跨出了兩步，將木蘭花的身子扶住，道：「蘭花，你怎麼了？可是感到不舒服？快坐下來。」

木蘭花困難地抬起手來，道：「不，不。」

這時，那頭警犬像是也知道發生了極其不幸的事情一樣，發出了「嗚嗚」的嗚叫聲，使人的心頭更覺得沉重無比。

穆秀珍急得連連頓足，道：「蘭花姐，你想到了什麼？」

木蘭花的神態總算漸漸地恢復了鎮定，她的身子不再發抖了，但是，她的臉色仍然如此之蒼白，她深深地吸了一口氣，道：「方局長，秀珍，我們鑄成一個大錯了！」

「究竟是怎麼回事啊？」兩人異口同聲地問。

「那不是高翔——我的意思是說，自從我發覺他神態有異的那一天起，這個人便不是高翔。」木蘭花緩緩地講了出來。

穆秀珍和方局長兩個人完全呆住了！

這實在是他們絕不敢想像的事情，不是高翔？不是高翔，那他又是什麼人呢？那麼，高翔又在什麼地方呢？怎麼會有這樣的事情？

呆了好一會，方局長才問：「有這個可能麼？」

木蘭花苦笑著，向「史特朗」指了一指，道：「牠便是最好的見證人，可惜牠不會講話，要不然，牠一定會大叫：你是個騙子，你假冒高翔，你說，真的高翔在什麼地方？」

木蘭花講到了這裡，聲音又發起抖來，而且，兩行晶瑩的淚自她的眼中淌了下來。

方局長以一個極快的動作，將電話拿了起來。

「你想幹什麼？」木蘭花連忙問。

「我通知關警官，叫他率領可靠的人，將他扣起來！」

「你這樣做，一定會打草驚蛇，使警方蒙受更大的損失的。」木蘭花抹乾了眼淚，她的聲音已顯得十分堅毅了。

「那我們怎麼辦？」

「我們親自去，秀珍，你，和我，我們三個人去，我們必須裝成完全不知情，然後才能出其不意地將他制住，只有這樣，我們才可以在他的身上得知高翔的下落。」木蘭花一面說，一面已向門口走去。

方局長和穆秀珍兩人連忙跟在後面。

方局長一路還在喃喃地道：「不可能，這太難以想像了，蘭花，你以為這可能麼？世上有一個和高翔一模一樣的人？」

木蘭花撫摸著警犬的頸毛，道：「我相信一頭得到了全世界警犬比賽忠誠冠軍的犬，是絕不會認不出牠原來的主人的。」

「方局長，」穆秀珍忽然道：「高翔可有指紋留下？人雖然相同，指紋必然不同，我們可以憑這一點來判別他真偽的。」

「秀珍，」方局長苦笑著，「你知道，高翔參加警方的工作，情形和別人不同，是我力邀之下才參加的，他當然不會和別的工作人員一樣留下檔案的。」

三人一齊上了車子，向警局疾駛而去，在車中，他們三人都不再說話，那是因為他們三人的心頭同樣地沉重的緣故。

他們三人心中所想到的問題都是一樣的，便是：這個高翔如果是假冒的，那麼，真的高翔現在是在什麼地方呢？

照木蘭花的估計，假高翔的出現已經有一個多月了，在這一個多月中，真的高翔何以絕未現身？他為什麼不現身？

他們三人，實是沒有勇氣向下想去！

當方局長、木蘭花和穆秀珍三人駕著車子，以極快的速度向警局馳去的時候，假高翔在警局之中，也正十分的不自在。

他假冒了高翔，在開始的時候還處處提防，唯恐露出馬腳來。然而在一個多月之後，他心中早已沒有顧忌了！

因為他知道，世界上根本不可能有人認出他是假的高翔，大名鼎鼎的女黑俠木蘭花也不過覺得他可疑而已，而想不到他會是假冒的！

假高翔並不是自滿，的確，沒有人能夠識破他是假冒的高翔，然而他卻想不到，一頭警犬卻輕而易舉地將他的假面具戳穿了！

當警犬史特朗突然向他撲過來之際，他心中的吃驚實在是難以形容的，他立即放槍，方局長趕了過來，和他發生了爭執，帶走了警犬，這一切，都使得假高翔知道，他偽冒高翔的好日子已經快要過去了，因為這件事，必然引起別人的猜疑！

在這一個月中，他已經使他自己成為千萬富翁了，本來，在如今這樣的情形下，他是可以一走了之的，他如果立即離開本市，遠走高飛，那麼，木蘭花即使再神通廣大，人海茫茫，世界之大，要去尋找他，也是沒有可能的事情了。

但是，假高翔卻還不想立時離去。

他還想做成功一件事！

那一件事，便是殺害木蘭花和穆秀珍。

只要他假冒的面目未徹底暴露，他要殺害木蘭花和穆秀珍兩人，便是一件輕而易舉的事情。

他前些日子之所以遲遲不動手，並不是因為他不肯下手，而是他怕萬一事情不成，連斂財的機會都失去了。

如今，他在瑞士的銀行中，已有了巨額的存款，他可以下手了。只要他能殺死木蘭花和穆秀珍，那麼，他不但能夠得到各地犯罪組織一直在尋人領取那筆龐大的獎金，而且，還可以贏得所有犯罪集團對他的尊敬，他可以很快地成為赤魔團的第三號人物！

成了赤魔團的第三號人物之後，再變成第二號，第一號人物，那就並不困難了。

假高翔想到，當他控制了整個赤魔團之後，他便是全世界最大的犯罪組織的領袖了，他要使赤魔團凌駕於一切犯罪組織之上，使他成為皇帝中的皇帝！

當假高翔在辦公室中踱著步，設想他將來遠大的前程之際，他忍不住笑了起來，他決定立即就去進行，去殺害木蘭花！

5 密室中的密室

他走出了辦公室，在他的辦公室之外，幾個警官本來顯然正在交談著什麼的，但一見他走出來，卻立時停止了交談。

假高翔自然可以知道，那個警官是在談論著警犬向他撲過來的事情的，然而他這時卻不在乎了，他準備殺了木蘭花姐妹之後，立時離開，再也不回到警局中來了，在他作了這樣的決定之後，他自然不怕人家談論和猜疑的了。

他保持著微笑，和那幾位警官點著頭，向外走去。

在門口，他遇到了關警官，關警官見了他之後，面上的神情相當異特，問道：「高主任出去？」

「是的，」假高翔回答，「我要到木蘭花那裡去一趟。」

關警官向側讓開了一步，讓他走了過去。

假高翔上了車，駛出了警局，在車中，他檢查了一下手槍，並且，在槍口上套上了滅聲器，就將槍放在上衣的口袋中，露出槍柄。

他並不怕讓木蘭花和穆秀珍兩人看到他帶著槍，因為他是「高翔」，兩人怎能疑心到高翔會對她們起了殺機呢？

他打算得非常好，一進門，根本不必說話，立時放槍，只消「撲撲」兩聲響，穆秀珍和木蘭花就會屍橫就地了！前後可能花不了一分鐘！

他得意洋洋地駕著車，向前駛著，心中只在盤算著殺了木蘭花之後，如何向赤魔團的首領下說詞，使他讓自己在赤魔團中成為第三號人物？

所以，他並沒有看到，方局長等三人的車子，和他的車子在相隔只有兩碼的情形之下擦了過去。

假高翔沒有看到方局長等三人，但是木蘭花卻已經看到他了，木蘭花立時扭轉舵盤，車子陡地轉了過來，尾隨在他的車後。

兩輛車子相隔只不過十來碼遠近！

方局長駭然問：「蘭花，你猜他上哪裡去？」

「從他走這條路看來，他是到我家中去的。」

「他到我們家去做什麼？」穆秀珍問。

「當然是想殺害我們，難道還會給我們送禮去麼？」

「哼，高翔他答應送我——」穆秀珍講到這裡，陡地一頓，她立時道：「蘭花姐，我有一個法子，可以確定他是真高翔還是假高翔。」

「什麼方法？」方局長連忙問。

他每天和高翔接觸，雖然在這一個月中，警方遭到了一連串的不利，但是要他確信如今的高翔乃是假冒的，那卻也不是容易的事。

「蘭花姐，你還記得不，在一個多月之前，高翔和我約定好，帶一件東西給我的，後來他來了，卻沒有將這件東西帶來！」

「是的。」

「就是這一晚，你發覺他的神態有異了。」

「就是這一晚。」木蘭花沉痛地重複著。

「後來，他乾脆不上我們這裡來了，他答應給我的東西，也一直不曾給我，我打過好幾次電話給他，他都推三阻四，不肯回答。我們如果制住了他，我就問他：你答應送給我的是什麼。他若是回答不出來，那麼其中就一定有問題了。」

「他答應送給你的是什麼？」

「一具由聲波控制的武器，是照我講話的聲波頻率設計的，要是我叫一聲，就會有子彈或者別的武器自動射出來了。」

「不錯，這是一個十分好的方法。」木蘭花點著頭，「如果他是真的高翔，那麼他自然可以一下子就回答出來的了！」

「如果他不是，」方局長道：「那他是永遠不能有正確的回答的。」

木蘭花駕著車，跟隨在前面車子之後，她不敢將車子駛得太接近，怕被發覺。市區中的車子十分擁擠，在不敢太接近的情形下，突然間，前面的車子越過了紅燈，而他們的車子卻不得不停了下來。

本來，他們的車子是方局長的座駕車，可以不理會紅燈的。

但如果他們的車子響起警號，衝過紅燈的話，前面的車子一定也會覺察，所以他們只好等著，而等到他們穿過紅燈的時候，前面的車子已不知去向了。

穆秀珍焦急了起來道：「怎麼辦？怎麼辦？」

「不要緊，」木蘭花道：「他一定是上我們家去的。」

木蘭花駕著車，仍然向前駛去，十分鐘之後，已經回到她的住所了，高翔的車子，果然就在她家門口停著。木蘭花將車子在離家數十碼處停了下來。

「我們怎樣採取行動？」方局長問。

木蘭花雙手仍然按在駕駛盤上，道：「我們先在這裡等一會兒，看看他是立即出來，還是在我們的家中等我，再作打算。」

車中又沉默了起來，過了十分鐘，並不見有人走出來，木蘭花沉聲道：「他決定在裡面等我們，方局長，你不必去冒險——」

木蘭花的話還未曾講完，方局長便已發起怒來，他大聲道：「這是什麼話，蘭花，為什麼我不能冒險？我們一齊去。」

「方局長，我不是這個意思，如果你也去了，我們來得太突兀，就會使他起了戒心了，我們兩個人去比較好些。」木蘭花連忙解釋著。

「那我在外面接應。」

「好的，一將他制住，我們立即請你進來。」

三個人一齊下了車，只留下警犬在車中，他們奔向前去，奔到了圍牆下站住，木蘭花向穆秀珍作了一個手勢，道：「你快大聲笑。」

穆秀珍立時笑了起來，她笑得十分自然，就像是她真的聽到一樁十分好笑的笑話一樣。她們一面笑著，一面推開鐵門。

一推開了鐵門，只聽得屋中便傳來了高翔的聲音，叫道：「蘭花，秀珍，你們到什麼地方去了？我在這裡等你們好久了！」

高翔一面講，一面向外走來，木蘭花和穆秀珍使了一個眼色，兩人一齊向前迎了上去，雙方越來越接近了。

在雙方將要接近的時候，他們的腳步，也不由自主變得快了起來。他們迅速地接近，高翔的一隻手，放在上衣的袋中。

突然，木蘭花高叫一聲道：「秀珍，伏下。」

穆秀珍陡地伏下，可是她卻並不是伏在地上不動，而是緊接著一個打滾，向前滾了出去，右手一勾，勾向高翔的右腿！

而在同時，木蘭花也猛地向前撲了過去！

木蘭花的右掌，重重地砍在高翔的肩頭之上，那一砍，令得高翔的手臂突然一震，不由自主地向上揚了一揚，從衣袋中抖了出來。

隨著他的手離開衣袋，「啪」地一聲，一柄配有滅音器的手槍，落到了地上，木蘭花眼明手快，立時一腳將手槍踢了開去。

而穆秀珍也已經得手了，她緊緊地抱住了高翔的小腿，自己的身子則陡地站了起來，向前用力地一推，將高翔的身子推倒在地。

她一面用力地舉掌向高翔的頸際劈了下去，一面叫道：「方局長，行了，這傢伙是膿包，我們一出手就將他制住了！」

方局長自鐵門中奔了進來。

當方局長奔到了近前的時候，情勢已經完全決定了，木蘭花扭住了高翔的手臂，道：「方局長，你看看，你現在一定可以看出不同的地方了。」

高翔叫道：「蘭花，秀珍，方局長，我是高翔，你們是怎麼一回事，快放開我。」

「啪！」穆秀珍揚起手來，在高翔的臉上打了一巴掌道：「你這不要臉的東西，你是高翔？好，我問你一件事，你回答得出來，就算你是高翔。」

高翔用手捂著臉，這一巴掌打得他著實不輕，令得他再講起話來，連聲音都有點模糊不清了，他道：「你……只管問好了。」

「好，我問你。」穆秀珍一手叉腰，一手直指著高翔的鼻尖，「一個多月前，你答應送我一件新玩意，那是什麼。」

「我當然記得，那是聲波控制的自動武器，聲波的頻率是照你的聲音來設計的。」

木蘭花、方局長、穆秀珍三個人全呆住了。

因為他們聽到的是正確的回答。

而這個回答，他們以為對方是絕不知道的！

一連好幾天，高翔一直被關在一間黑得伸手不見五指密室之中，他無法知道自己在這間密室之中，究竟過了多少時候。他只是約莫地感到，大概是十天，或者更長，在這十天中，他除了得到最簡單的食物供應之外，其他什麼都得不到。

他除了睡著的時間之外，幾乎不斷地在密室中踱著步，他在苦苦思索著：自己究竟落到了什麼人的手中？自己的失蹤，照理是應該引起空前龐大的搜索的，為什麼還未曾發現自己？而匪徒方面將自己關閉起來，又究竟是什麼意思？是不是匪徒以自己為要脅，而向警方勒索些什麼呢？

高翔自然不知道，在他失蹤的時候，有另外一個高翔，正堂而皇之地坐在他的辦公桌之前。

但是高翔卻也料中了一點，那便是，他到現在為止居然還能夠活著，而未曾立即死去，那是因為赤魔團的首領準備用他來作為對付警方的工具！

赤魔團的首領作兩個打算，第一，假高翔如果不成功，那麼真高翔在他的手中，自然有極高的價值，他可以利用高翔做許多事。

其次，即使假高翔成功了，真高翔還是有用的，至少，他可以到那時再將真的高翔殺害，將屍體拋在路邊上，讓警方去發現。高翔已經死了，那麼是真是假，當然更沒有人知道了。

關於這一切，高翔當然也不知道。

高翔一遍又一遍地回憶著敵人將他弄昏過去時的情形，和敵人的佈局，他只得出了一個結論：對方是一幫極之高明的匪徒！

在這段日子中，他不斷地伸手摸索著，他雖然看不到什麼，但是那間禁閉他的密室中的一切，他卻已十分瞭解了。

只不過那也沒有用處，這並不能幫助他逃出去，因為這些日子來，他根本接觸不到任何人，他的食物，每天一次，由牆上的一個小洞中拋進來。

這個小洞是由一扇小鐵門遮住的，那小鐵門，高翔用盡了氣力，也沒有法子將之推開，而且，就算推開了，也沒有多大的用處。

因為這扇小鐵門，只不過可以通過一個拳頭，要想在這個小鐵門中脫身，除非會孫悟空也似的七十二變，否則是絕無辦法的。高翔唯一可以得到外界一點消息的地方是門縫，門縫大約有一吋高。

這是特別高的門縫，但也是必須的。

因為這是這間密室唯一的通氣之處，不消說，密室中的空氣，總是十分惡劣的。密室和一個十分小的廁所相連，每天在食物送來之後的半小時，水喉有水流出，但只有五分鐘時間，高翔必須利用五分鐘的時間盡量喝飽。

因為除了這五分鐘之外，他便得不到食水供應了。當然，廁所是有著沖廁水的，一按掣，水便「嘩嘩」地沖刷著廁所。有幾次，他口渴極了，真想就喝那沖廁所的水，可是那是海水，是不能喝的。

高翔好幾次伏在地上，由門縫中向上張望，但是外面也是一片漆黑，看情形，這間密室，是密室中的密室，和外界絕無接觸的。

高翔身上的工具已被搜去了，在他的一生之中，從來也未曾給人禁閉過那麼多的時間而一籌莫展過，但是他如今，真的是一點辦法也沒有！

他在黑暗之中的時間實在太多了，所以，當忽然間從門縫中有一點亮光射了進來之際，他已然覺得相當刺眼了！

那一點亮光，使得他呆了一呆。

他連忙伏在地上，由門縫中向外張望了出去，他看到四隻腳在向內走來，而且，不出他所料，他受禁閉的密室，是密室中的密室。

因為他還看到了一扇十分厚的門被人推開來，那四隻腳向前走來，到了門前，高翔真想從門縫中伸手出去，將其中的一隻腳緊緊地抓住，讓外面的人也吃些苦頭。

但是，門縫太窄了，他的手勉強可以伸出去，但是卻是沒有法子活動的，他不再伏在地上，站了起來，心中在想：那兩個人是不是會打開門來呢？

那兩個人並沒有打開門來，門上響起了砰砰的聲響，這兩個人在用力敲打著門，高翔忍不住罵道：「吵什麼，難道要我開門讓你們進來麼？」

外面兩個人停止了敲打，他們之中的一個道：「高先生，我有幾句話要問你，希望你能夠切實地回答，要不然，你是自討苦吃。」

高翔冷笑了一聲，並不講話。

那聲音道：「在你的家中有著許多秘密裝置，控制這些秘密裝置的總樞，是在什麼地方？你必須據實回答，不許弄花巧。」

高翔呆了一呆，心中不禁大是疑惑。因為他實是猜不透，敵人方面問及他家中的裝置，那是什麼意思。不錯，他的家中有著許多秘密裝置，但敵人何必知道這些呢？難道在他失蹤之後，警方竟沒有人駐在他的住所，而還能容許匪徒自由出入他的住所麼？難道警方已將他這個人完全忘記了？

高翔當然想不到，這全是假高翔的主意。

在這幾天中，假高翔在警局越扮越像，可是假高翔在高翔的家中，卻著實吃了不少的苦頭，那全是因為那些秘密裝置的緣故。

那些秘密裝置，可以說是五花八門，無所不包。去取一瓶酒，酒瓶忽然會碎裂，去取一件東西，拉開了抽屜，忽然會有東西跳出來。

這些秘密裝置，一則是由於高翔本身的興趣，二則，也是有實用價值的，假高翔有次去開窗，不知怎地一來，忽然窗把手傳起電來，將他震得彈出四五呎！

假高翔實在不勝其煩，所以才和赤魔團的首領聯絡，要在高翔的口中逼問出這些裝置的總控制樞紐，是在什麼地方的。

高翔沉默著，並不出聲。

那兩人又問了一遍。

高翔仍不出聲。

那聲音怪聲冷笑起來，道：「高先生，你如果再不回答的話，我們只消一按按鈕，你這間密室之中，就會漸漸地充滿『笑氣』，你知道會有什麼後果麼？」

高翔不禁苦笑了一下。

自從他被禁閉以來，他當然不會再有什麼心情去笑的，可以說已有很多時候未曾笑過了。如果密室中忽然充滿了「笑氣」的話，那麼他將大笑特笑了。

「笑氣」是氧化亞氮（N_2O），這種氣體不算有毒，但是如果人吸入了氧化亞氮，那麼神經受了麻醉，人就會不斷地發笑。

不要以為不斷地發笑是一件不怎麼痛苦的事，長期的發笑，會使人肌肉痙攣，甚至在長期發笑之後，人會變成白癡！

高翔咳嗽了一下，他不能不出聲了，但是他卻也不願意回答對方的問題，他只是反問道：「你們要知道這些幹什麼？」

「你別管，你只要回答就可以了。」

「那是沒有總控制機關的，每一個秘密裝置，都有不同的控制，你要一件一件地發現它們，請問，你要破壞什麼地方的秘密裝置？」

高翔竭力拖延著時間，想打探出對方究竟為什麼要問他這些。

可是，他卻得不到什麼，得到的仍然是那個冷冷的問題：「總樞紐在什麼地方？限你十秒鐘，十秒鐘之後得不到回答，我就放笑氣了。」

高翔保持著沉默。十秒鐘很快就過去了。

外面的兩個人也未曾再出聲，一切似乎都沒有什麼異樣，但是突然之間，房中有「嗤嗤」聲傳了出來，高翔的心中一凜。

緊接著，高翔突然無緣無故地笑了起來。那是一種他自己不能控制的笑，高翔一面笑，一面叫道：「行了，我說了！」

對方真的放出笑氣，他自然是非說不可的了。

「嗤嗤」聲停止了，高翔仍笑了好一會，才喘著氣，道：「打開衣櫥，衣櫥底上有一個鈕掣，按下那個鈕掣，就什麼事情也沒有了。」

高翔只聽得腳步聲傳了開去。

不一會，「砰」地一聲，外面一扇門關上，密室中又成了一片黑暗。高翔頹然地坐了下來，他該怎麼辦呢？這間密室是如此緊密，自己逃不出去，對方卻隨時隨地可以向他逼問任何問題，也可以輕而易舉地取他的性命！

高翔在踱了一回之後，安靜了下來。

他知道，如果使用蠻力，自己是不可能脫身的，要脫身，必須運用智力！他甚至連一個人也未曾見到過，如果向他們提出，要見他們的首領呢？

看來，他們久久不處死他，那是一定有作用的，在這樣的情形下，提出要求見他們的首領，這個要求，可能為對方接受的。

他根本見不到人，所以他要見對方首領的要求，也沒有什麼機會提出來，他只得趁每次那個小門打開，送進食物之際，大叫出他的要求來。

然而，又是好幾天過去了，高翔的要求，每天提出一次，卻是得不到任何反應，這實在令得高翔一點辦法也想不出來。

在那間密室，高翔不知被困了多久，除了有兩個人曾隔著門和他講過幾句話之外，他一個人也未曾見到過，而在這些日子中，他想盡了方法，也無法脫困。

直到那一天，他從廁所中走出來，到了廁所的門上，他的心中陡地一動，給他想起了他可以做出一件事來。這件事，未必使得他可以逃出去，但卻至少可以使人來看他，使他可以見到對方的人！

他決定將抽水馬桶上的出水掣弄鬆。

清除污物的方式有兩種，一種是將水先抽到一個大箱中，再流入廁所中，是舊的方式，新的方式則是通過一個調節開掣，使海水直接沖出來的。

這種新的方式，水出得十分之急，如果弄壞了出水的控制掣，那麼海水將似噴泉也似地直噴出來，不到半小時之久，水便可以浸出房間，一直流出去！

在那樣的情形下，對方還會置之不理麼？

因為即使對方可以置他的生死於不顧，但是海水卻會將整幢建築物都浸透的，如果這幢建築物是有電梯設備的，或是有電表房造在地窖中，那更會引起走電洩電，造成相當大的破壞！

高翔在實在沒有辦法可想之際，決定來一個破壞！

他手頭什麼工具也沒有，他只是大力地用雙手去扭動著出水管，出水管本來已然相當殘舊了，高翔不斷用力地扭動著，漸漸鬆了起來。

半小時之後，鬆動的程度更大了，高翔整個人都跳了上去，在水管上踐踏著，終於，「啪」地一聲響，水管爆裂了開來。

自水管中沖出來的海水是如此地急驟，以致首當其衝的高翔，連躲逃的機會都沒有，幾乎在一秒鐘之內，他的身上便已濕透了！

但是，高翔卻仍然高興得怪叫了起來。

他打開廁所的門，退到了房中，站在床上。

那根被他弄爆裂的水管，直徑約莫是兩吋，水從這根水管中湧了出來，像是一股巨大的噴泉，轉眼之間，房間中的積水已達三吋！

而積水向門縫中擠去，在門外，傳來了嘩嘩的水響，高翔雖然看不到門外的情形，但是可想而知，門外也一定形成一股小型的飛瀑了。

高翔站在床上，掠了掠頭髮，等待著事情的變化。

他當然知道，對方可以通過關總掣的方法，來使水管中不再有水流出來。但如果水的外流已造成了損失的話，那麼對方一定會怒氣沖天的。

他不怕對方發怒，只怕對方不睬他！只要有人來罵他，甚至準備來處罰他，他便有機可乘了。是以他在等待著的時候，心情是相當焦急的，他甚至緊緊地握住了雙拳！

但事實上，他只不過等了半小時而已。

他聽得嘈雜的人聲隱隱傳了過來，人聲越傳越近，最後，有光線傳了進來，高翔聽到門外有人道：「這裡，就是這裡！」

另外又有一個人高叫道：「快將門打開來！」

6 揭穿秘密

這時候，囚禁高翔的房間中，水已足有一尺來深了，水仍然以極急的勢子自門縫中洩出去，高翔立即想到，如果門一被打開的話，水的去勢將會更快，那麼打開門來的人，一定會有一個十分短的時間大吃一驚，甚至站立不穩。

這應該是他最好的機會了！是以他立時從床上跳了下來，來到門旁。

他剛到了門旁，便聽得「呀」地一聲，門已打開了，門鎖才一鬆，門便是被水直沖開來的，不出高翔所料，水向外湧去的去勢十分急，在門外的幾個人，身子都不由自主地晃了一晃，而高翔也趁著這個難得的機會，向外跳了出去。

他這時像是猛虎出柙地向外跳去，勢子可說是威猛到了極點，應該是所向披靡的，但是有一點情形，卻是對他相當不利。

那便是，外面那一間房間的門洞開著，光線相當亮。而高翔在黑暗之中已不知過了多少時日，突然間，他置身於一個光亮的環境之中，在剎那間，他似乎看不清什麼東西。

是以，他躍了出來之後，呆了一呆。

而就在他一呆之間，他只覺得有兩條人影，向他疾衝了過來。

在那麼短暫，而他的視力又受著強光干擾的時間內，高翔當然是沒有法子分辨得出向他衝過來的兩個究竟是什麼樣人的，但是他卻可以肯定一點，那兩個一定是敵人！

高翔被人在暗室之中禁錮了那麼久，他心中的怒意，實是到了難以形容的地步，是以他一感到有人向他衝過來，他連忙一低頭，也向前直撞了過去。

在他以極高的速度向前撞出之際，他雙掌也狠狠地向前砍出！

前後只不過是一秒鐘之內的事情，他的頭頂重重地撞中了一個人！

而他的雙掌也同時砍中了一個人，他還可以感到他的手掌正砍在一個人的頸際軟骨上，這個人不經過一個長時期的調養，一定是難以復原的了。

幾乎是立即地，高翔又聽到了水花四濺的聲音！

那顯然是被他不顧一切地衝過去，而撞跌在地的人所發出來的了，高翔陡地直起了身子，這時，他已可以看清眼前的情形了。

然而，他只來得及看清，那是一間相當大的房間，他的背脊便受了重重的一擊！那一擊，令得他眼前金星亂迸，天旋地轉！

他剛可以看清的房間，這時像整個倒了過來一樣！事實上，房間當然不曾顛倒，而是他的身子突然向前仆了下去。

高翔是幸運的，他背後所受的一掌，是如此之重，而且發出這一擊的，是一個對空手道極有研究的高手，這一擊正擊在他的背柱骨上，使得他的神經系統暫時停止了作用，是以才站立不穩，仆跌下去的。

照理來說，在這樣的情形之下，仆跌下去的人，即使不昏過去，在一個短暫的時間內，也必然喪失了活動能力的了。

若是高翔喪失了活動能力，那麼結果如何，實在是再也明顯不過的了，他自然會被禁錮起來，什麼時候再有脫身的機會，就不得而知了！

而高翔的幸運，正是在於這時候，這間房間中也全是水，地上的水足有一兩吋深，高翔面向著地仆跌了下去，他的臉「啪」地一聲，拍在水面上！

這是極其痛苦的一件事，當他的臉拍中海水之際，那感覺實在和他的臉碰到了一塊滿是鐵釘的木板差不多，而且，海水立即向他的鼻孔中倒灌了進去。

那自然更是十分痛苦的感覺了，但是，這種極痛苦的感覺，對高翔而言，卻是有好處的。他背部受了沉重的一擊之後，神經麻痺了，失去了抵抗的能力，然而，極度的痛苦卻解除了他的這種麻痺，使得他頓時之間有了活動能力！

他的身子猛地一滾，一個翻身，轉過了身來。

他仍然躺在地上，卻已是面向上，而不是仆跌在地的了，他立即看到，在他面前站著一個人，以十分訝異的神情望著他。

那人的一隻手還揚起著，顯然，剛才的那一擊，正是這個人所發出來的，他還未曾收回手掌去，而如今他之所以驚異，那是因為他看到高翔忽然翻過身來的緣故。因為受了這樣一擊的人，是絕不應該立即就能夠恢復行動的，所以他才看得愕然。

高翔的雙手連忙在地上一撐，就著這一撐之力，他的下半身直挺了起來，雙腳猛地踹出，在那人還未曾從驚愕之中驚醒過來之際，高翔的雙足已重重地踢中了那人下顎！

那人的喉際發出了一下令人毛髮直豎的呻吟聲，他的身子向後倒去，高翔的身子已跳了起來，向他撲了過去，壓在那人的身上。

高翔之所以還要向那人撲過去，是因為他看到那人的腰際，有著一柄手槍的緣故，他一壓到那人身上，便已取槍在手。

他連忙又一個翻滾，向外滾了開去。

這一滾滾得及時之極，因為一個大漢，雙掌迸在一起，正狠狠地向他的後腦劈來，高翔的身子一滾了出去，那人收掌不及，這一掌，劈向那個被高翔雙腳踢倒的人的面門之上！

高翔在這時已然扳動了槍機，他一共扳了三下，三槍射中了三人的大腿，令得他們在海水中打滾，高翔已向外直竄了出去。

房間外是一條走廊，高翔才一出房門，迎面就有兩個人急奔了過來，那兩個人的手中，都提著一挺手提機關槍！

高翔連忙身子一縮，縮了回來，他只聽得腳步聲漸漸傳近，那兩個人向房間中直衝了進來，可是他們才一進門，高翔手一揚，「砰砰」兩槍！

那兩槍，高翔在事後想來，仍然感到十分得意！

這兩槍幾乎是同時射出的，子彈自那兩人的後頸射入，在兩人的口中穿出，倒像是那兩個人一齊吐出了一粒橄欖核一樣！

那兩個人的身子一齊向後倒去，高翔雙手齊探，已將兩挺手提機槍抓在手中，他不管三七二十一，先向門口掃了兩梭子彈。

掃出了兩梭子彈之後，生龍活虎地向外衝了出去。

在走廊中，一個人也沒有，但是在走廊兩旁的房間中，卻有冷槍向他射來，高翔向有槍彈射出的房間作無情的掃射！

很快地，他便來到了走廊的一端。

在那裡，有一道樓梯是通向樓下的，高翔繼續向下衝去，在他衝下三十級樓梯的時間內，他至少射倒了三十個人之多！

槍彈呼嘯著，飛射著，高翔在槍林彈雨之中，心中所想的只是一件事：衝出去，一定要衝出去，自己被囚禁在這裡，和外界隔斷了消息，可以肯定，一定有一個重大的陰謀正在進行著！

自己必須衝出去，去粉碎這個陰謀！

他衝到了樓下，阻住他去路的人，不是死了，便是傷了，再不然，便是躲起來了。高翔用一梭子彈，將一扇門擊得飛離了門框。

他從那扇門中跳了出來，外面是一片十分柔和，碧綠的草地，高翔轉過身來，又向門內送進了兩梭子彈，然後，他貼著牆，迅速地向前奔去，直到他看到了一輛摩托車，他才跳上車，一手發動了車子向前飛馳而出，一手仍持著機槍向後發射。

他一手持槍向後發射，使得兩輛汽車著火燒了起來，阻止了敵人向他追蹤，而等到他的子彈用完，他棄去了機槍之後，早已駛出了六七哩，到了安全的地方了。也直到這時候，高翔才有時間去弄清楚，自己究竟是在什麼地方！

他發現自己是在市郊，前面不遠處，便是一個十字路口，他決定先到那個十字路口再說。而等到他到了十字路口之際，他看到其中一條路，離木蘭花的住所十分近。

高翔被囚禁了那麼久，血戰脫險，他第一件要做的事情，當然是要調集人馬，到他被囚禁的地方去將匪徒一網打盡。所以，他是應該立即趕回警局去的。

但這裡離木蘭花的住所既然如此之近，這使得他略改變了一下主意，他立即決定先邀得木蘭花同行，再到警局去。

他轉了車子，向前疾駛，十分鐘之後，他便來到木蘭花的住所之外了，但是他按鈴之後，卻並沒有人來開門。

高翔心中大是狐疑，心中暗想：難道木蘭花姐妹也出了事麼？他老實不客氣地翻過了圍牆，自己走進了屋子之中。

屋子中的一切，都表明木蘭花姐妹是剛離開這裡的。

高翔拿起電話來，他剛準備拿起電話來打回警局去的時候，他看到一輛車子，駛到了門口，停了下來，那是他的公用車！

高翔陡地一呆，他失蹤了那麼久，警局中又不是沒有別的車輛可用，他的公用車在如今這樣的情形下出現在木蘭花的家門口，這是十分不合理的。

高翔也顧不得再打電話了，他放下了電話，身子一隱，站到了窗子邊上，向外看去，他看到一個人從車子中走了出來。

那個人來到鐵門前，整了整衣服，按鈴。

在那一剎間，高翔簡直整個人都呆住了！

他實是不知道自己是在真實的生活中，還是在夢幻之中！因為如今那個站在門前按鈴的人是他，是高翔，那實在是他！

高翔在那一剎間，幾乎失聲叫了出來！

但是，高翔究竟是一個十分聰明，十分能幹的人，尤其在他參加了警務工作之後，他更加增進了無比的勇氣和機智。

他的驚愕不解，是在乍一見到那人之後，在極短的時間內所發生的事情，接著，他的心中陡地一亮，他什麼都明白了！

他明白了何以自己會在那間小餐室中被公然綁架，他也明白了何以自己被囚禁了一個多月之久，還未曾被救出來！

他更明白歹徒方面何以如此大膽，敢將他囚禁起來，這一切的問題，都出在面前這個人身上，這個人是一個關鍵！

這人和自己太酷肖了，在這一個多月的時間中，他一定替代了自己，而別的人，可能根本還不知道自己已經失蹤了！

高翔一想到這裡，不禁自頂至踵生出了一股寒意來！

這傢伙在這段時間中，做了多少壞事？木蘭花姐妹是不是已遭了他的毒手？一連串的問題，又湧上了高翔的心頭。

這些問題，令得高翔心亂如麻！

但高翔卻也立即鎮定了下來！因為這時，他已看到那傢伙攀過了鐵門，跳進花園，向內走了進來，來到了大門口，停了一停，又推門走了進來。

當假高翔在門口略停一停之際，高翔和他相隔只不過三四呎！高翔只想到自己簡直是在對著一面鏡子，而不是在對著一個人！

假高翔終於推門進來了。

在那一剎間，高翔也有了對付他的主意了。

他趁假高翔還未曾進來之際，輕輕一躍，躍到了一張沙發之後，躲了起來，他剛一躲起，假高翔便已經走進來了。

假高翔是準備來殺木蘭花的，他的右手一直插在衫袋中，握緊了槍，準備一見到了木蘭花，立時便放槍殺人的。

可是，木蘭花卻不在！

他由於做賊心虛的緣故，面色十分青白，他來到客廳之中站著，揚聲道：

「蘭花，你在麼？有人麼？我是高翔！」

假高翔一開口，高翔的心中更加吃驚，因為那聲音也和他一模一樣。高翔曾在答錄機中習慣了自己的聲音，是以他一聽就可以聽出相同之點來。

假高翔叫了兩聲，這時候，木蘭花、穆秀珍和方局長三人，已然識穿了他的秘密，而到警局去找他了，當然不在屋內。

是以，他叫了幾聲之後，不會有人答應他。

只見他舒了一口氣，在一張沙發上坐了下來，大概是心中太緊張了，所以掏出一條手巾來擦著汗。

一看到那傢伙在一張沙發上坐了下來，高翔的心中便忍不住笑了起來，木蘭花的舊居被匪徒炸掉了，這裡是警方斥資替她重建的。

而這屋子中的一切，全是高翔親自設計的，屋中的秘密裝置極多，件件都是高翔的精心傑作，就拿客廳中幾張沙發來說，看來和別的沙發一點分別也沒有，但是其中卻大有乾坤，在沙發背中藏有一支錘子，在一按動掣後，那錘子便會向前發出猛力的一擊，擊中坐在沙發上的人的背部。

而每一張沙發上都有這樣的錘子，而每一張沙發上，也都有著發動掣，也就是說，不論是什麼樣的不速之客尋上門來，也不論是主人處在什麼樣的不利地位之下，只要雙方都坐在沙發上，那麼，就有辦法使對方的背部吃上一錘！

這時，高翔並不是坐在沙發上，而是躲在沙發的背後，而那種掣，則是裝在沙發的扶手之下的，所以他要小心地伸出手去，免得被對方發現。他的手碰到了那一排掣，他的手指終於觸及了發動假高翔所坐的那一張沙發背中機關的掣，他猛地向下，按了一下。

幾乎和他的手指按下去同時發生的，是「砰」地一聲響，而假高翔的背後，受了那重重的一擊之後，他的身子猛地向前跌了出來。

高翔的身子一彈而起，越過了沙發，向假高翔的背上直壓了下去，他那一壓，壓得假高翔的肋骨發出了格格聲來！

高翔也不理會假高翔肋骨是不是已經斷折了，他反手一掌劈在假高翔的腦後，將他擊昏了過去，然後，他用地氈將假高翔緊緊地裹了起來。

用地氈將一個人緊緊地裹起來，這是一個防止人逃脫的最好方法，比五花大綁更有效，一個人，即使是神智清醒，力大如牛，想要掙脫這種束縛，也是近乎沒有可能的事情。

所以，當高翔將假高翔縛了起來之後，他知道，在這場爭鬥中，自己已完全取勝了，他拍了拍手，準備去取一大盆水來，將假高翔浸醒。

可是，也就在這時，在半途上發現了假高翔的去向，而折了回來的穆秀珍、方局長和木蘭花三人也已經趕到了。

高翔一聽到了他們的聲音，立時迎了出去。

可是木蘭花等三人卻絕想不到，由於紅燈的阻礙，在這三四分鐘之內，事情已有了根本的變化，他們只當迎出來的仍然是假高翔！

所以，他們立即出手制服了高翔，而穆秀珍立時提出了她的那個問題，可是，這個問題卻也立即獲得了正確的回答！

當高翔答出了那個問題的答案之際，不但是方局長和穆秀珍兩人呆住了，連木蘭花也呆住了，因為他們實在料不到假高翔會回答出這個問題來的，而他們更料不到的是，站在他們面前的，不是假高翔，而是真的高翔了！

高翔看到他們三人那種驚呆的情形，也有些明白這究竟是怎麼一回事了，他連忙道：「蘭花，你進去看看，就可以明白了！」

木蘭花仍猜不透那究竟是怎麼一回事，她向穆秀珍使了一個眼色，示意穆秀珍好好地監視著高翔，她自己則快速地向屋中奔去。

她幾乎是立即奔了回來的，她直來到了高翔的面前，一時之間，竟激動得講不出話來。

穆秀珍和方局長兩人忙問道：「怎麼了？」

「他……他是高翔！」

木蘭花終於迸出了這一句話來！

這句話使得方局長和穆秀珍兩人更加不明瞭，他們兩人又齊聲問道：「那麼……那麼他不是假冒的！是警犬瘋了？」

「不，不！」木蘭花卻又搖著頭。

方局長和穆秀珍兩人更糊塗了，木蘭花一頓足道：「你們快進去，一看就可以明白了！我一時也講不出那麼多來。」

穆秀珍和方局長兩人，也連忙奔向屋子。

他們衝上石階，進了客廳，立即呆住了，他們一眼便看到了被裹在地氈中的假高翔！

這時，假高翔已醒了過來，正在用力掙扎著，他這時醒了過來，由於他所受的攻擊太突然了，所以他連自己被誰擊昏的也不知道！

他當然做夢也想不到真高翔已經出現了，他正是被真的高翔打昏過去的。所以，他一看到了方局長和穆秀珍兩人，還以為來了救星！

他叫道：「方局長，快放我出來，我被歹徒暗算了！」

方局長和穆秀珍兩人，也只不過呆了極短的時間，他們也都明白，那是怎麼一回事，而這時候，木蘭花和高翔也進了屋子。

他們兩人才一走進來，假高翔的面色便陡地變了，變得和死灰一樣，在他的喉間，也發出了一種極難形容的聲音來。

高翔才一走進來，便道：「你們明白了麼？」

方局長深深地嘆了一口氣，道：「我們實在太慚愧了！」

「看剛才的情形，你們也已發現了這傢伙假冒的秘密了，」高翔向假高翔指了一指，「可見得這傢伙還是學得不像。」

「這傢伙可以說學得再像也沒有了，說來慚愧，蘭花好幾次提醒過我，我卻沒有在意，」方局長又嘆了一聲，「最後揭穿秘密的，還是警犬史特朗！」

木蘭花也搖了搖頭，道：「我也早注意到『你』神態有異，甚至我曾上你的住所去窺伺過，但是再也想不到，事情竟會是這樣。」

高翔來到了假高翔的面前，伸足在他的臉上踢了一下道：「好了，你的把戲已演完了，你應該講出一切來了，若是你不講，對你是絕無好處的！」

假高翔的眼珠骨碌碌地轉著，他在高翔、木蘭花、穆秀珍、方局長四人的臉上一一望過去，他所望到的，是四個憤怒之極的臉容。

而四人之中，尤其以方局長最為憤怒！

因為在四人之中，只有他最明白，在這一個多月來，由於假高翔的活動，警方受了多麼大的損失，如今真相大白了，可以肯定在這一個多月來，直接死在假高翔手下的警官，就在十個以上，而被假高翔假借各種名義排手擠出去的優秀警務人員，更是至少有二十個。

這些人有的還可以找回來，有的則已遠走他方了。這還是警方內部的直接損失，至於走私集團，犯罪集團的活動大增，甚至被判重刑的囚犯公然越獄，警方的威信大受打擊，這還在其次！

方局長望著假高翔，眼中幾乎要噴出火來！

假高翔開口了，他的聲音在發抖，道：「解開我……先放我……出來……我已受傷了，我的肋骨……可能斷折了……」

「你說！」高翔厲聲呼喝，「要不然，我在你身上跳幾下，令得你肋骨寸寸斷折！」

「你……你……」假高翔氣急敗壞地道：「你不能用私刑！」

「是麼？」高翔慢慢地向前走去，一隻腳已踏在他的胸上。「你不妨再多講一句廢話看，看我是不是說得出做得到！」

假高翔的面色更難看了，他喘著氣，道：「我說了，我叫江濤，我……動了幾十次手術，才改成了現在模樣的。」

「你的手術很成功！」高翔冷冷地諷刺他，江濤的額上冒出了豆大的汗珠來，他忽然又道：「我……弄了不少錢，這些錢，我都可還出來的，你們放了我吧。」

「放屁！」方局長實在忍不住了，「你弄的錢可以還出來，那麼，你殺的人呢？」

江濤無話可說了，過了半晌，他才說道：「我……要求審判……我要求審判，我犯了罪，我有被公平審判的機會的，放開我！」

木蘭花走向前來，她只是冷冷地俯視著江濤，她那種森嚴的眼光，令得江濤覺得遍體生寒，張大了口，似將死的魚一樣地喘著氣！

木蘭花望了江濤好久，才道：「江濤，最要緊的事情還未曾講出來，你是代表著一個組織在做這件事，是什麼組織？」

江濤的身子又震了一震。

7 先發制人

木蘭花續道：「那天晚上我知道你用電話在和人聯絡，你再抵賴也是沒有用的了，只有令你多吃苦頭而已，老實說，對你這種人，我是絕不留情的！」

高翔陡地跳前了一步，一伸手，提住了江濤胸前的衣服，他手背一振間，江濤整個人都被他抓了起來，嚇得身子不住發抖。

高翔滿面怒容，咬牙切齒，道：「這些日子來，我為了你吃盡了苦頭，看來不讓你先吃些苦頭，你是不肯照實說的了！」

江濤雙手亂搖，道：「我說，我說！」

高翔「哼」地一聲，一鬆手，江濤的身子「砰」地一聲，又跌到了地上，他勉力掙扎著，站了起來道：「我，我如果說了，有……有什麼好處？」

木蘭花等人都想不到江濤在這樣的情形之下，會問出這樣的一個問題來，因而一時之間，他們都不知怎樣回答才好！

江濤這一句話，並不像是要脅，聽來，他像是想要戴罪立功。

可是，江濤冒認高翔的時間固然不長，只不過一個來月，可是在這一個月中，他所犯下的罪行，卻是擢髮難數的，別的罪行，還都可以寬恕，但是他曾殺死過優秀的警務人員！殺人償命，這是法無可恕的！

江濤是個十分狡猾的人，他眼珠骨碌碌地轉著，道：「如果我反正難免一死，那我又何必講呢？我就拼著一死好了！」

木蘭花冷冷地道：「好的，你就等死好了！」

江濤著急了起來，道：「你，你們不想知道我是替什麼組織在服務麼？如果我講了出來，你們可以獲得許多情報。」

「你應該講，」木蘭花像是不十分有興趣，「但如果你想以此來作為你要脅警方的條件，那你還是一言不講的好！」

江濤東望望，西望望，在每個人的臉上打量著，他的心中還存著最後一線希望，以為他所知道的一切，是警方迫切需要知道的。

是以他又道：「好，那我現在就不說。」

木蘭花轉過頭去，向方局長建議道：「方局長，我有一個意見。」

「請說，蘭花。」方局長連忙回答。

「這個人，」木蘭花指著江濤，「暫時交給我來扣押，而且他已落網的消息，絕不要洩露出去，不能讓任何人知道！」

方局長暫時雖然還猜不透木蘭花要這樣做的意思，但是他知道那一定是有作用的，是以他立即點頭道：「可以，不成問題。」

「蘭花，這人十分狡猾，你可得好好看住他！」高翔提醒著木蘭花。

「我來看他，怕他逃上天去！」穆秀珍拍著胸口！

「不必你來看他，我自有辦法。」木蘭花轉身向樓上走去，不一會，她又提著一個箱子走了下來，進了儲藏室之中。

方局長等人都不知道她是在幹什麼，木蘭花在儲藏室中忙了大約二十分鐘，才走了出來，她逕自來到江濤的面前，揚起了手中的槍來，扳動了槍機！

在那一剎之間，江濤的整個身子向上直跳了起來！

方局長、高翔和穆秀珍三人也為之一怔！

因為木蘭花剛才還在說要將江濤扣押起來的，何以這時卻向江濤開起槍來了呢？可是，他們立即便恍然大悟，鬆了一口氣。

隨著木蘭花扳動槍機，並沒有發出「砰」然巨響的槍聲，而是「嗤」地一聲響，射出了一股強烈的麻醉劑。

那一股乳白色的麻醉劑直噴在江濤的臉上，江濤的身子晃了一晃，幾乎在兩秒鐘之內，他便向下倒去，重重地仆在地上。

「高翔，將他拖進來！」木蘭花吩咐著。

高翔拉住江濤的右手，將江濤拉得向儲藏室走去，進了儲藏室，又照著木蘭花的指示，將江濤的頭擱在一個木架之上。

「行了。」木蘭花拍了拍手。

「可是，他是會醒來的哪！」高翔叫了起來。

「不錯，三小時之後，他就會醒過來，」木蘭花點了點頭，「但是，你看這個裝置，每隔三小時，便會自動噴出麻醉劑來的！」

木蘭花所指的，是一個類似唧筒也似的裝置，唧筒的口，正對著江濤的臉部。木蘭花笑了笑，道：「所以，他在將醒未醒之際，又會再度昏過去，這樣，我們就不必派人監視他，而可以放心去做我們要做的任何事情了！」

「好辦法！」高翔忍不住叫了起來。

「高翔——」木蘭花突然壓低聲音叫了一聲，她這一下叫喚，表示她一定還有十分重要的話要對高翔說，高翔也立時抬起頭來。

「高翔，要徹底消滅江濤和他幕後的指使者，你要去做一件相當危險的事情。」木蘭花講到這裡，頓了一頓，未曾再講下去，但是，她充滿了智慧光芒的眼睛，卻直視著高翔。

高翔吸了一口氣，道：「我明白了。」

在一旁的穆秀珍卻不耐煩起來，道：「喂，你們兩個人在打什麼啞謎哪！」

「蘭花叫我去反冒充江濤。」高翔回答，他的聲音十分平靜，「這是一個極好的主意，因為敵人方面並不知道江濤已出了事！」

「可是，敵人卻知道你已逃走了哪！」

「當然，他們是知道我已逃走的，正因為這樣，他們必然會和江濤聯絡，告訴他我已經逃脫的消息，當我再和他們在一起的時候，他們也可能會懷疑我的身分，但是我和江濤是如此相似，只怕他們雖然懷疑，也難以真的判定我的身分的。」

「但是，他們必然會用各種各樣的方式來考驗你的！」

「我想我可以應付得過去。」高翔充滿自信。

「我的意見是這樣，」木蘭花慢慢地來回踱著步，「現在，我們還不知道這個集團是一個什麼樣性質的組織，而這一個多月來，警方的正常工作幾乎都被破壞了，也無從知道究竟有什麼新的組織在興起，所以才要高翔去假冒江濤。」

木蘭花略停了停，又道：「如果那組織是微不足道的，當然高翔可以立即採取行動，但如果這組織十分龐大，那麼高翔就要費一些工夫了！」

高翔點點頭道：「我知道了，我應該立即回警局去，要不然，敵人方面若是和我聯絡，而找不到我，就會起疑心了！」

方局長道：「是，我們快去，蘭花，你——」

木蘭花不等方局長講完，便道：「我們不去了，高翔，你在打進敵人的組織之後，最重要的是，要有不被敵人察知的通訊方法，我想，你一定有辦法解決這個困難的。」

「我有辦法。」高翔已向屋外走去。

木蘭花和穆秀珍兩人目送著高翔和方局長兩人離去，穆秀珍嘆了一口氣，道：「高翔開心了，我們還有什麼事可做呢？」

木蘭花並不出聲，只是微笑地望著穆秀珍。

「蘭花姐！」秀珍叫了起來，道：「你快說，我們有什麼事情做，別讓我心中發急！」

「誰讓你心中發急了？是你自己在著急！」

穆秀珍陪著笑，道：「蘭花姐，你快說吧。」

木蘭花笑道：「好了，我說，我準備不讓高翔知道，去跟蹤他，如果他有什麼危險，那麼，我也可以暗中幫助他。」

穆秀珍更是焦急，道：「那麼我呢？」

「你？在家裡看著江濤，這是你剛才自告奮勇的。」

「我不幹，蘭花姐，你已經設計了麻醉劑自動噴射機，那要我看住他做什麼？」穆秀珍鼓起了嘴，一臉不高興地說。

木蘭花忍住了笑，緩緩地道：「本來，你也不致於那樣無事可做的，但如今我們的敵人是誰還不知道，我怕你會胡來——」

「蘭花姐，我不會的，我聽你說就是了。」

「那就好。」木蘭花終於點了點頭，「那我們就去化裝，然後，到警局附近去等著，高翔一離開警局，我們就跟在他的後面！」

「萬歲！」穆秀珍高興得跳了起來！

高翔幾乎是一回到了警局之後，便立即又離開的。

他到辦公室之後，他的秘書已經記錄了三個電話，都是一個不肯透露姓名的人打來給他的，而當他一坐下來之後，電話鈴又響了。

高翔拿起電話來，那邊是一個聽來十分陰森的聲音，劈頭第一句話說道：

「我們這裡已經出事了，你怎麼樣？」

高翔呆了一呆，他立即知道，這個電話一定是江濤的同黨打來的！

在那一剎間，他的心中也不禁十分緊張，因為他不知江濤和他的同黨之間是不是有什麼暗號！如果他們之間有什麼暗號的話，自己若是講錯了，豈不是立即就露出了馬腳？

但是他又不能一直不講話，是以他停了沒有多久，便道：「我很好。」

「一切順利？」

「很順利。」

「沒有高翔的消息？」

高翔是十分機靈的人，他這時知道，自己的應對到目前為止，並沒有出什麼毛病，而他又已肯定了電話是江濤的同黨打來的，是以他裝著十分不高興地道：

「這是怎麼一回事？高翔不是在你們那邊麼？別在電話中這樣問我！」

那邊沉靜了一會，才道：「是的，因為事出非常，我們才只好這樣向你聯絡，在看管中，高翔逃走了，事情非常緊急。」

「別緊張，我會設法應付的。」

「首領認為，最好你立即下手，先將木蘭花殺死，以免後患，你假冒的身分，是不可能一直隱瞞下去而不被人揭破的！」

高翔吸了一口氣，道：「可是我有我自己的見解，我要和首領見一次面，來商量一下，你去向首領提及這一點！」

那面又沉靜了片刻。

在那片刻之中，高翔的心中實在是緊張之極的，因為只要對方一給了他肯定的答覆，那麼，他就要以假高翔的身分去見那個集團的首領了！他不免暗暗擔心：自己會不會露出馬腳來呢？

正在高翔心情緊張地等待之際，那邊聲音又響起來了，道：「首領已答應接見你，你在上次的地方等候著我們的人好了。」

高翔的心中猛地一震，對方說上次的地方，可是上次是在什麼地方呢？高翔當然是不能反問他的，一反問，便露出馬腳了！但如果不弄清楚是什麼地方，又如何能去和「首領」見面？

高翔心念電轉間，忙道：「慢，上次的地方並不是太好，我們這次改一個地方，我看，在青山大飯店門口好了，我將戴黑眼鏡。」

高翔的心在怦怦地跳著，他雖然應變得十分快，但是對方會不會接受他的建議？會不會因之而對他心中起了疑惑？

他自然沒有辦法去知道對方的心意，他只能在電話中等待對方的回答。

他等了約半分鐘，便聽得那陰森的聲音道：「好，你就來！」他只再講了四個字，便「喀」地一聲，將電話掛上了。

高翔也放下了電話，他立即出了辦公室。

這些日子來，他的手下對他的奇怪行動也看慣了，因之見他匆匆來了又匆匆離去，也不以為怪。

高翔到了警局門口，戴上了一副黑眼鏡，這副黑眼鏡有著好幾種特殊的用途，最有用的一種，便是它的眼鏡架乃是一座超小型的無線電通訊儀。

高翔一面走，一面自眼鏡上拉下了一條極細的金屬線來，那金屬線的一端，是一個不會比米粒大多少的超小型擴音器。

高翔壓低了聲音，道：「方局長，方局長！」

當他拉下了那條金屬線的時候，只要他離開方局長不超過三哩，那麼，方局長上衣的一粒鈕扣便會發出輕微的「滋滋」聲。

在那樣的情形之下，方局長只要按下鈕扣後面的一個凸起的小金屬粒，就可以和高翔通話了，高翔的叫喚，立時得到了反應。

「我到青山大飯店門前，去見他們的首領！」

「是不是需要派人暗中保護你？」

「不，絕對不要，一有人在暗中保護我，就會惹人起疑了。」高翔連忙回答，「甚至不要通知木蘭花姐妹，我想她們如果知道了，一定會在暗中跟蹤我，那使我的身分更容易暴露。」

「高翔，你小心些。」

「我有數了。」

高翔一鬆手，那根細金屬絲自動縮了回去，那個超小型的擴音器則嵌入了眼鏡邊上的一個凹槽之中，看來天衣無縫。

高翔走出警局，登上了車子，向青山大飯店駛去，他一面駕著車，一面心中在不斷地思索著，見了對方之後，自己應該怎樣地應付。

他這時越來越感到自己要應付敵人，實在並不是容易的事情，因為他在江濤的身上，並未曾獲得任何有用的情報！

但是當他想起江濤已成功地偽冒了他一個多月，而且做了那麼多壞事之際，他也就信心百倍了，因為總不成他還不如江濤！

高翔將車子停在離青山大飯店隔一個街口處，慢慢地走了過去，他不知道要帶他去見「首領」的人是什麼樣子，所以他只好慢慢地走著，等人家來認他。

當他來到大飯店門口的時候，飯店的玻璃旋轉門中，有一對看來是十分富有的中年男女走了出來，高翔連望也未向這一對男女望一眼，因為他絕料不到接應自己的會是這兩個人。

可是，這兩個人在他的身邊走過之際，卻低聲道：「ＤＷ三七四車牌的車子旁。」

他們一面講，一面繼續向前走去。

高翔呆了呆，只見他們兩人已手挽手，十分親熱地過了馬路，一輛十分華貴的積架房車，正停在對面路旁。

這輛車子的車牌，正是ＤＷ三七四號！

高翔連忙也向對面馬路走去，當他來到那車子之前的時候，那一雙男女已坐進了車子，那男的作了一個手勢，示意高翔坐到車子後面去。

高翔拉開車門，坐了進去。

他剛一坐定，車子便駛動了，而幾乎是車子一開動，便聽得一連串的「啪啪」聲，車子的中間升起了一塊玻璃，在左、右後面的車窗上，也都升起了一塊玻璃，將窗子擋住。

那種玻璃，毫無疑問是不碎的鋼玻璃。而且，這幾塊玻璃在高翔望來，如同鏡子一樣，他望過去，只能看到自己的影子，而看不到車子前和外面的情形！

他被完全隔絕了！

這是高翔所未曾料到的意外，他的心中立時又緊張了起來，他立即自己問自己：這是為了什麼？為什麼他們會這樣對付自己？

對方為什麼要這樣對付他，高翔立即想到，那只有兩個可能，一個是江濤在這個組織中，本來就未曾獲得十分的信任；第二個可能則是，對方已對他的身分起了懷疑，但是高翔細心想了一想，他剛開始和對方接觸，甚至還沒有什麼機會露出破綻來！

所以，最可能是江濤在那個組織中，本來就沒有什麼地位，他決定鎮定著並不出聲，而且，他料到在前面的一雙男女一定是可以看到他的，所以，他連驚惶的神情都不表現出來，他只是閉上了眼睛，像是他被隔絕，乃是理所當然的事情一樣！

車子向前駛著，高翔一直裝著若無其事，約莫過了二十分鐘左右，車子停了，可是高翔卻立即覺出，車子在向下沉去！

高翔心中吃了一驚，車子在向下沉，那麼這個集團的總部是設在地下的了，由此可知，那一定是十分有規模的犯罪組織了！

高翔的心中立時閃過了「赤魔團」三個字！

赤魔團是新成立的犯罪組織，各地警方先後接獲的情報中，都指出有這樣的一個組織，正在大規模地從事非法的活動！

高翔一想到了這一點，心中不禁又驚又喜！

他驚的是，對方如果真是赤魔團的話，那可當真十分難以對付！但是他卻同時也感到高興，因為如果能撲滅赤魔團，那麼他所建立的功勞，將是有世界意義的，因為赤魔團進行罪惡活動的地區十分廣泛，國際警方正在為之十分頭痛！

車子下降了並沒有多久，便又繼續開動，但這次卻行駛得十分緩慢，大約一分鐘之後，車子又停了下來，四面的反光玻璃縮了下去。

有一名大漢打開了車門，高翔立時走了出來。

那一雙男女已經不見了，由那個大漢帶著，高翔向前走去，當他走進了一扇自動開啟的厚門之後，他的心中不禁一陣高興！

他進了這扇門後，置身於一個大廳之中。

那大廳的正中，有一個長會議桌，這個地方，他是來過的，只不過上一次的時候，他是俘虜，是高翔，而如今，他卻是江濤，是他們中的一員了！

高翔挺了挺身子，向前走去。

在會議桌的一端，坐著「首領」，而在首領之旁的，則是癆病鬼也似的「副首領」，兩人都望著他，面目陰森，也不知他們心中在想些什麼。

高翔知道，在如今這樣的情形下，自己是絕不能露出一點膽怯來的，他非但不能膽怯，而且，還一定要先發制人！

是以，他的步子越來越加快，他直衝到了會議室的一端，大聲道：「這是怎麼一回事？這是為什麼？高翔為什麼會逃脫的？」

「首領」的面色立時變得十分難看，他並不出聲，「副首領」冷冷地道：「那只不過是一時的疏忽，你何必咆哮不已？」

高翔「哼」地一聲，道：「一時的疏忽，你們知道這可以造成什麼樣的後果？你們早就應該將他殺死，毀屍滅跡，你們為什麼不那樣做？」

高翔聲勢洶洶地責問著，「首領」的面色更難看了，他臉上的肥肉在劇烈地跳動著，只聽得他道：「我們留著高翔，是因為我們覺得你並不可靠！」

高翔的「演技」這時得到了最高的發揮，他攤開手道：「我不可靠，笑話，你可知道在這些日子之中，我給了你們多少方便？」

「你給我們的方便並不多，先生，你只是為你自己斂財而大開方便之門，你銀行中的存款已快到達天文數字了，先生！」

「人為財死，我自然要為自己弄點好處。」

「可是，你為什麼還不對木蘭花姐妹下手？」

高翔頓了一頓，副首領的聲音變得更尖銳了，他叫道：「為什麼你不下手？這是我們最基本的合作條件，我們要求解釋。」

高翔的心中已完全放下心來。他知道，自己假冒江濤的身分，對方甚至未曾懷疑！他也知道，江濤和對方的關係的確還不是太深切！

江濤甚至還未曾參加對方的組織，那是要在江濤殺了木蘭花姐妹之後的事情了。高翔心念電轉間，已嘿嘿地冷笑了起來。

「首領」的肥手「砰」地一聲響，擊在會議桌上，道：「你笑什麼？如果你不能除去木蘭花姐妹的話，你對我們就一無用處了。」

「誰說我不能除去木蘭花姐妹，請問，除了我之外，還有誰可以除去木蘭花姐妹，是你麼？首領，還是你，副首領？」

「那你為什麼不下手？」

「要等機會！」高翔幾乎是在吼叫，「你們以為除去木蘭花是那麼簡單的事情麼？如果是那麼簡單，有十個木蘭花也早已死了！」

「如今，你機會已不多了！」副首領冷冷地道：「高翔已逃了出去，他當然會回到警局去的，你還能再假冒下去麼？」
「歡迎他回來。」高翔舉高了雙手。
「你這樣說是什麼意思？」
「你們以為這一個月來，我除了弄錢，就什麼也沒有做麼？告訴你們，警方特別工作室中，工作人員已全是我的親信了，高翔只要一回到警局，那麼他所獲得的結果只有一個：死！」
首領和副首領兩人互望了一眼。
在他們互望了一眼之後，他們臉上緊張的神態立時鬆弛了不少，副首領道：「你肯定如此？」
「當然肯定，如果他回家去的話，結果也是一樣的！」
「嗯，那麼，你似乎應該快點對木蘭花下手了，有她在，我們行事總不免要受到牽制，不能放手大幹的。」副首領揚著手。
「可以，我盡快下手，但事成之後我怎樣？」
首領和副首領兩人又互望了一眼，首領才緩緩地道：「如你上次所提出的，我可以宣布，你是本組織內第三號人物。」
高翔心中暗吃了一驚，心中暗忖，江濤的野心真不小啊！

他感到滿意地點了點頭，道：「那麼我先離去了，我們再要見面的時候，由我來和你們聯絡，你們不該再將我當外人了。」

「好的，你可以打這個電話！」副首領向一具電話指了一指，「這個電話是〇〇四——四三二七號，你記下來再說。」

高翔在這時候，心中的高興實在是難以形容的！

他兩次到過赤魔團的總部，但是總部究竟在什麼地方，他卻不知道，因為一次是在昏迷不醒來的，這一次，是在和外面隔絕的車廂中來的。

而這時，他知道了這個電話號碼，他可以輕而易舉地在電話公司中查到這個電話所在的地址，他可以率領大批人員包圍這裡！

赤魔團總部在毫無預防的情形之下，自然是沒有抵抗的餘地的，自己可以捕獲所有的人，和獲得赤魔團活動的一切資料。

在那樣的情形下，赤魔團還有不煙消瓦解的麼？

高翔竭力抑制著自己心中的高興，轉過身去，道：「再見！」他一直走到了門口，才又道：「我不必蒙著眼睛離去了吧！」

在他的身後，副首領忽然道：「你上次是怎麼離去的，高翔？」

在那一剎間，高翔心頭的震動，實在是難以形容的！

他不知該怎樣回答才好，他聳了聳肩，用毫不在乎的語氣道：「你以為我是怎麼離去的，而且，在這裡，你也不必稱我為高翔！」

副首領笑了起來，道：「你知道麼？江濤，你和高翔實在太相似了，當你向外走去的時候，我甚至以為你就是從關押處逃走的高翔！」

高翔也笑了起來，道：「有這個可能麼？高翔逃走了，你們沒有追捕？」

「當然有，但是卻找不到他，我們犯了一個錯誤，未曾將他囚禁在這裡，因為這裡的全部建築都是在地下，他是逃不出去的。」

「如今反正是一樣。」高翔打開了門，走了出去。

高翔才一走出，首領和副首領兩人便又互望了一眼。

「怎樣？」首領問。

「如今還不能確定，但只要看看有沒有人去突襲那個電話號碼的地址，就可以知道他究竟是什麼人了！」副首領回答著。

而高翔卻已出了門口，並且決然不知他們有這樣的對話！

8 盛大儀式

高翔一出了門口，便有兩名大漢走上前來，帶著他來到了那輛車子之前，高翔一進了車子，反光玻璃便又落了下來，車子駛動，上升，再駛動。

又是二十分鐘之後，車子停了下來，反光玻璃落下，高翔發覺自己已經到了青山大飯店對面馬路處了，他下了車，回到了自己的車子中。

他安然地回來了。

但是，這卻並不是他所希望的，因為他雖然曾到了對方的組織部，而且也已知道了對方的確是近來在各地都幹了不少犯罪買賣的赤魔團，但是除了這一點之外，他此行可以說是一點收穫也沒有，他甚至於對這種平淡的結果感到十分意外！

因為，他曾預料赤魔團的首領會不相信他，會用種種方法來試驗他，然後才信任他，使他成為「赤魔團」中真正一員的。

但是，對方並沒有這樣做，只是令他快一點除去木蘭花姐妹，這使他感到十分為難，他當然不能真的除去木蘭花姐妹。

那麼，他應該怎麼辦呢？

高翔開動了車子，向前駛去。

他一面駕著車子，一面仍然在不斷地思索著，最後，他還是決定和木蘭花去商量一下，或者製造一個木蘭花已經死去的假證，使赤魔團方面相信，木蘭花已經死了，從而使自己可以在赤魔團中占一席位，裡應外合，將之徹底消滅！

高翔覺得這個辦法很不錯，而且，木蘭花也會接受的，是以他的心頭輕了許多，他也不回警局去，而驅車直駛木蘭花的住所。

直到高翔的車子，在木蘭花的住所前停下來之際，他還是做夢也料不到，這次來拜訪木蘭花，竟會有如此出乎意料之外的結果。

木蘭花姐妹不在家中。

木蘭花姐妹是早已不在家中的了，她們和高翔、方局長離開她們的家，只不過隔了極短的時間，便化了裝，到警局的門口去了。

她們駕著一輛十分普通，看來也相當殘舊的車子，跟在高翔的後面，這種車子在路上行駛，是絕不會引起人家注意的。

所以高翔始終不知道有人跟蹤著他。

不但高翔不知道，在青山大飯店之前，接引高翔到赤魔團總部去的那個赤魔團團員，都不知道後面有一輛車跟著他！

那輛載送高翔前赴赤魔團去的車子，設計得再好也沒有，使得坐在車內的高翔，絕對無法知道車子經過了一些什麼地方。

可是，跟在後面的木蘭花，卻是知道的。

那輛車子一直在市區內行駛，轉彎抹角，在毫無意義地兜著圈子，而且車子所駛的地方，全是市中心最熱鬧的街道，當木蘭花跟蹤了一會之後，她幾乎要以為對方知道了有人在跟蹤，所以特地如此的！

但是，她還是沉住了氣跟下去。

終於，前面的車子轉了一個大彎，加快了速度，也不再兜圈子，可是，它仍然未曾離開市區，而是來到了一個車房前面，停了下來。那車房有一扇巨大的捲折鐵閘，當車子一停之後，鐵閘便向上升起。

木蘭花將車子在三十碼之外停了下來，那是街角，相當隱蔽，她並不下車，但是卻取出了一具小型望遠鏡，向前看去。

車房上寫著幾個很大的大字，是XX公司停車場。

那輛汽車一停在門口，捲鐵閘立時向上升了起來，車子也立即駛了進去，而車子才一駛進去，捲鐵閘又降下來，其間配合十分好。

但是，就在車子駛進去，鐵閘將落未落之際，木蘭花卻已經看到，那輛車子駛進了車房之後，停在一塊十分大的鐵板之上！

而且，她還來得及看到，那塊鐵板，正在向下降去！

木蘭花的心中，也不禁吃了一驚，因為她看到的一切，表示她要尋找的那個犯罪組織，是在鬧市中心的地方，設立它的總部的！

如果不是親眼目擊，當真難以相信這一點的！

她放下了望遠鏡，穆秀珍問道：「怎麼樣？高翔到這裡來幹什麼，難道這個車房，便是那個犯罪組織的總部麼？」

「在地下，我看到整輛車子，都由一具特殊設計的升降機帶到了地下。」木蘭花皺著雙眉，顯然她正在思索著對策。

可是穆秀珍卻已叫了出來，道：「不可能的，這裡是ＸＸ公司的車房，是誰都可以來這裡停車的，一天有好幾百輛車子進進出出！」

「但是，」木蘭花向前指了一指，「你不看到鐵閘關著麼？這又怎麼解釋呢？」

穆秀珍搔了搔頭，說不出話來。

木蘭花道：「這其實是不必動腦筋的，鐵閘前有人守著，你看到沒有？我們假裝是ＸＸ公司的顧客，要前去停車，看他們用什麼話來拒絕，就可以明白了。」

穆秀珍忙點頭，道：「是，看他怎麼說！」

木蘭花先將車子慢慢地又退出了幾十碼，這才加大油門，向前駛了出去，車子發出驚人的噪音。

一直守在鐵閘前的一個人，連忙走了過來。

「喂，開閘！」穆秀珍神氣活現地向前指了一指，「我們要進去停車。」

「對不起，」那人非常有禮貌，「停車場的入口處不是這裡，而是在轉彎處，請你們轉過去，就可以在裡面任意停車的。」

穆秀珍呆了一呆，瞪著眼睛還想再說什麼，可是，木蘭花已經道：「多謝你。」她一面說，一面已掉轉了車頭，駛了開去。

穆秀珍道：「蘭花姐，為什麼不問問他，剛才我們親眼看到有一輛車子駛進去的，哼，看他再用什麼話來推宕！」

木蘭花已將車子轉過了街角，那裡另有兩個大門，一個是入口，一個是出口，有三四輛車子在入口處等候進入停車場。

沒有費多少時間，木蘭花便將車子駛進了停車場之中，她特意揀了一個十分僻靜的角落停了下來，有一條巨大的水泥柱掩遮著她們的車子。

直到停好了車子，木蘭花才道：「秀珍，你想想，如果照你所說的那樣做了，那個守衛他是不是就肯讓我們進去了呢？」

穆秀珍搖了搖頭，道：「只怕未必。」

木蘭花笑了笑道：「既然進不去，那講來又有什麼用？」

「可是，」穆秀珍不服氣地道：「現在又有什麼用啊？我們又不是真要去買東西的，將車子停在這裡，我們又上哪兒去？」

「別心急，秀珍，你可看出一些大概了麼？」

「什麼大概？」

「那個犯罪組織的總部所在地？」

「我？當然看不出什麼來。」

木蘭花沉默了一會，才道：「我卻有一個概念了，你看，這個停車場十分大，這個犯罪組織的規模再大，有那麼大的停車場在上面做掩護，他的地下室也足可能夠用的了。這停車場一共有三個門，兩個門是公開的，另一個門則上著鐵閘，那上著鐵閘的門，就是犯罪組織總部的秘密入口處，一進去，車子便沉向地下，到達總部之內，現在，高翔就在總部之中了。」

「是啊，可是那又怎樣呢？」

「那個下著鐵閘的門口，進去之後的那個地方，本來也是停車場的一部分，可是如今一定是被牆隔開了，我們現在就是要找那幅牆。」

穆秀珍呆了一呆，道：「那沒有什麼困難，根據來時的方向，我們可以輕而易舉地找到那幅牆的，可是找到了之後，又怎麼樣呢？」

看來，穆秀珍仍念念不忘於直接向那鐵閘衝去，要那個人將鐵閘打開來，所以，她對於木蘭花的方法一直在責難著。

木蘭花自然也看得出穆秀珍的心意，是以她故意道：「找到了那幅牆，便用炸藥將之炸穿，那我們就可以衝過去了！」

「好啊！」穆秀珍立時拍手笑了起來！

可是，她也立即知道，那是木蘭花在故意取笑她的了，是以她立時鼓著氣，嘝起了嘴，一聲也不出，睹氣望著窗外。

「秀珍，」木蘭花正色道：「你在來的時候，說過一切全聽我的，如果你不願意，那麼，你大可以回家去，看守著江濤。」

穆秀珍尷尬地笑了一笑，道：「我……沒有什麼不願意，只不過……我覺得……總不如直接衝進那個鐵閘，來得痛快些。」

木蘭花笑了笑，道：「來，我們下車。」

她們兩人一齊下了車，貼著牆，向前慢慢地走著，不一會，便到了一大幅牆前，木蘭花四面看了一下，低聲道：「應該是這裡了。」

穆秀珍點頭道：「不會錯的。」

木蘭花自袋中取出了一個小方盒子來，那方盒的一面，有一個吸力相當強的橡皮吸盤，木蘭花將之吸在牆上。然後，又從另一端拉出了一個耳機來，那耳機連著一條十分細的電線，木蘭花將耳機交給了穆秀珍，道：「你回到車中去。」

穆秀珍點了點頭，她一面將耳機塞在耳中，一面向車子走去，那小方盒子仍然吸在牆上，方盒和耳機間的細金屬線十分長，穆秀珍回到了車中，細金線拖在地上，不是仔細看，是不容易覺察得到的。

而那小方盒，則是一具微音波擴大儀。它的作用，是能夠吸收極微弱的音波，而加以擴大，具體而言，那堵牆，只要厚度不超過一呎，那麼，牆那邊如果有人在以正常的聲音講話，戴著耳機的穆秀珍，都是可以聽得清清楚楚的。

木蘭花看到穆秀珍已退回了車子，她繼續向前走著。

她希望能夠在這堵牆中，發現一道暗門。

當然，即使發現了暗門，她也不會貿然向那暗門中走去，但是，如果真有暗門的話，她至少可以知道，這個停車場和犯罪組織是有關連的，她就可以多一個線索了。

但是，她沿著粗糙的水泥牆慢慢地向前走著，卻沒有發現什麼暗門，很快地，她走到了那堵牆的盡頭，也就在這裡，她聽到後面有車子開動的聲音。

木蘭花並沒有回頭去看，因為這裡是停車場，是不斷有車子在進進出出的，聽到了車子開動的聲音，有什麼奇怪的？

木蘭花仍然向前走著。

可是，當一下急剎車聲傳入她的耳中，一輛車子突然在她的身邊停了下來時，木蘭花卻立即知道不妙了，她陡地轉過頭來！

一輛黑色的房車幾乎是貼著她的身子停下來的！

而木蘭花是貼著牆在向前走的，她這時等於被夾在車子和牆之間一樣，連活動的餘地也沒有。

在剎那間，木蘭花也不及看清車內的是什麼樣的人，她首先高叫了一聲：「秀珍！」

她叫秀珍，是要引起穆秀珍的注意，好使穆秀珍知道她已經遇了險。而她在叫了一聲之後，身子突然向上跳了一跳。

她是幾乎被夾在牆和車身之中的，所以，她在跳起之際，一手撐在牆上，一手按在車身上，一借力，身子直竄了起來。

她落在對方車子的車頂之上。

她立即伏了下來不動。幾乎就在這時，車門打開，一個大漢走了出來，木蘭花的動作異常快疾，在車中的人而言，木蘭花就像是突然閃了一閃，便已然不見一樣，他自然是要立即打開車門來看個究竟的。

而伏在車頂上的木蘭花等的就是這一剎間！

那大漢的身子還未曾完全跨出車子，木蘭花一個翻身已然向下躍去，她雙足一前一後，重重地踢在那人的頭頂之上！

那人的身子結果不是跨出車子來，而是向著車門之外直跌了出來的，木蘭花立時落了下來，將腳踏在那人的背上。

直到這時，她才向車廂之內望去。

因為她已對付了一個人，她必須要去察看車廂中是否還有別的人，然而，車中並沒有別的人了。木蘭花鬆了一口氣，她正待俯身下去，將那人提起來之際，突然聽得穆秀珍叫道：「蘭花姐！」

穆秀珍的那一下呼叫聲，來得十分急促！而且，隨著她那一下呼叫聲，又是一陣車子的發動聲，木蘭花連忙抬頭看去，只見她的車子被一個男人駕駛著，向外直衝了出去！

而就在那一瞥之間，木蘭花還看到，在她的車子的後面，有兩名大漢將穆秀珍制住，其中有一個人還掩住了她的口！

車子要向停車場外駛去，本來是一定要在木蘭花的身邊經過的，可是，那駕車的漢子駛著車，並不是由出口出去。

他陡地令車子轉了一個急彎，以全速向入口處衝出去，幾乎和迎面駛進來的一輛車子撞了個正著，便已直衝了出去了！

這一切情形，木蘭花全是目擊的！

但是，她卻無能為力，因為車子在她的十來碼之外疾駛而過，駛了出去，她就算要射擊，也沒有必中的把握！

她應變十分之快，不等她自己的車子衝出停車場，她已陡地提起了那被她踢昏過去的漢子，將之塞進了車中，同時，她自己也進了車子。

她駕著車子，從出口處駛了出去，駛過了停車場的入口處，停車場的職員正在大呼小叫，可是那輛車子已然不見了。

木蘭花絕不猶豫，連忙將車子轉了一個彎。

當車子停在那鐵閘之前的時候，鐵閘剛好正在迅速地下降，這證明剛有一輛車子駛進了這扇鐵閘，毫無疑問，那自然是穆秀珍被擄的車子了。

木蘭花一見鐵閘已經關上，她毫不猶豫地立時將車子向後退去，因為在如今這樣的情形下，她實在沒有必要單獨去冒險。

她只消將車子駛到最近的警局，在那裡和方局長聯絡，那麼，大批的警員在十五分鐘之內，應可以包圍這裡的。

在大批警員的包圍之下，那鐵閘再堅固，也一定會被攻了開來，所以，她立時向後退去。

可是，她的車子才一退，在她的後面，有兩輛汽車逼了過來，將她的去路攔住，木蘭花猛地加快了後退的速度，她操縱的車子像箭一樣地向後撞去。

「砰」，「砰」兩聲巨響，她的車尾撞在那輛車子的車頭之上，由於木蘭花車子後退的速度十分快，因之這兩下撞擊的力道是十分驚人的。

縱使木蘭花是有準備，她的身子也向前陡地撲了出去！

木蘭花用車子去撞對方的車子，當然是一件相當危險的事情，但是她卻連想也未曾多想便撞了上去，這當然也是有原因的。

她希望這一撞可以將對方的車子撞開去，那麼，她就可以脫出圍困了。

就算她不能將對方的車子撞開去，那麼，這樣猛烈地一撞，自然造成了嚴重的車禍，警員也立時會趕到的，警員趕到，對木蘭花自然是有利的。

可是，木蘭花想得確然不錯，但她預期中的兩個情形都未曾出現。三輛汽車撞擊之後所發生的衝力，在木蘭花的估計之上！

木蘭花的身子猛地向前一撞，她的前額正撞在車子前面的擋風玻璃上，這一撞的力道，自然也十分大，雖然未能令得木蘭花立時昏了過去，但是卻也令得她雙耳「嗡嗡」作響，呆了十來秒鐘，而這十秒鐘，木蘭花本來是可以利用它來扭轉局勢的！

但木蘭花卻失去了這十秒鐘！

就在十秒鐘之內，鐵閘打開，奔出了七八個大漢來，其中兩個直驅木蘭花的面前，向木蘭花射出了一槍，槍管中射出的是一枚小針。

那枚小針，正射中在木蘭花的頭側，木蘭花直了直身子，剛可以在那一撞的震盪之中清醒過來，但這時，由於那枚小針上猛烈的麻醉劑之故，她又立時昏了過去。

而其餘的大漢，全都以最快的動作，將三輛車子一齊推進了鐵閘，鐵閘又迅速地落了下來，街上一點痕跡也沒有。

這一切，總共不到一分鐘的時間。

等到有人因為聽到了巨大的撞擊聲而循聲找來的時候，他們只看到一個清道夫正在掃街道，將一些破玻璃屑掃去，連僅餘的一點撞車的痕跡都消滅了！

那時候，高翔也在赤魔團的總部之中。但他卻不知道木蘭花和穆秀珍兩人已出了事。

高翔不知道她們出了事，可是赤魔團的首領卻是知道的。高翔只注意自己的真正身分是不是會被人揭穿，他卻沒有注意首領的一些小動作。

他未曾注意，「首領」將一個極小的耳機塞進了耳中，在聽取著部下的報告，他也未曾注意首領在聽取報告的時候，有一大段時間未曾講話，而是由副首領和他在交談的。

高翔在離開赤魔團總部的時候，心中還在感到十分高興哩！

等到木蘭花又漸漸地恢復了知覺的時候，她想動一動身子，可是她卻發覺身子一動也不能動，她用力掙了一掙，仍然不能動。

木蘭花深深地吸了一口氣，令得她自己的頭腦更清醒些，然後才慢慢地睜開眼來，她被綁在一塊鐵板之上，那鐵板是人形的，當然是供綁人的。

在她的手背上，各被綁著四道皮帶，皮帶有兩吋寬，其中兩道是綁在她的手腕上和小臂彎上的。

她的身上有三股更寬的皮帶　緊緊地箍著，她的雙腿上有六道皮帶箍著，在她的身上，總共有十三股皮帶，這十三股皮帶，使得她動一動都不能！

而且箍在她頭上的那道皮帶，還令得她呼吸不暢！

她先使自己鎮定下來——這是木蘭花的過人之處，別人在這樣的情形之下，一定是焦急無比了。但木蘭花卻明白，情況越是對自己不利，焦急也就越是沒有用，倒不如冷靜下來思索對策的好。

她轉動著眼珠，首先看到了穆秀珍。

穆秀珍的處境和她一模一樣！

而且，穆秀珍的雙眼閉著，看來她仍然在昏迷之中，未曾醒來。

木蘭花輕輕地叫了她幾聲，穆秀珍仍然一點反應也沒有。

而木蘭花一出聲，那塊本來是平放的人形鐵板卻豎了起來，當鐵板完全豎直之後，木蘭花變得和被釘在十字架之上的耶穌一樣了！

當鐵板完全豎直之後，木蘭花面對著一扇門，那扇門立時自動打開，門外是一條走廊，在門口，有兩個人守衛著，一動不動。

木蘭花心中苦笑了一下，她又轉了轉眼珠，向穆秀珍望去，穆秀珍仍然昏迷不醒，綁著她的那面鐵板也未曾豎起來。

就在這時，木蘭花聽到了腳步聲。

她連忙向前望去，只見兩個人向她走了過來，那兩個人，一個胖，一個瘦，胖的肥腫難分，瘦的卻是面色發青，十足的癆病鬼。

兩人走進了門，冷冷地望著木蘭花，木蘭花也只是望著他們，並不出聲。

癆病鬼最先開口，他陰陰一笑，道：「蘭花小姐，難得，難得！」

她本來還存有些希望，希望對方並不知道她的身分，因為她是化裝過的，但是對方卻一開口便叫出了她的身分來！

木蘭花心中苦笑了一下，但是她的神情卻是十分鎮定，她道：「的確，很難得，這還是我有生以來，第一次受到這樣的待遇！」

首領和癆病鬼一齊奸笑了起來，癆病鬼道：「蘭花小姐，我們先得向你說明，你身後那塊鐵板，是可以通電發熱的，你明白麼？」

木蘭花冷笑一下，道：「那對我來說沒有什麼分別，反正現在我一動也不能動，隨便你們怎樣對付我，我無法反抗。」

「嘿嘿，」癆病鬼又奸笑著，「我們只不過想要你明白，被綁在這樣的一塊鐵板上被慢慢地烤熱，這滋味並不是十分好受的。」
首領補充了一句：「所以，我們問你的問題，你還是照實回答的好！」
木蘭花這時縱使有滿腹機智，可是她卻是一點辦法也拿不出來，因為她的身子根本一動也不能動，這叫她有什麼辦法？
癆病鬼又道：「第一個問題是，江濤假冒的身分，是不是已被警方發現了？」
木蘭花皺起眉頭，裝著不懂的神氣道：「我不明白你在講什麼？江濤是誰？他假冒什麼人？」
「我看，你還是照實說的好。」
「我根本不知道，你叫我說什麼？」
「小姐，你若是什麼也不知道，怎會找到這裡來的？你們是追蹤江濤來的，是不是？你們很聰明，懂得在停車場中去找尋線索，可是你為什麼竟未曾想到，我們的總部既然設在停車場的隔壁，對停車場怎能沒有監視？小姐，你們下了車之後的一切行動，全都由暗藏的電視攝像管告訴我們了！」
木蘭花的心中苦笑了一下，的確，她未曾想這一點。到目前為止，的確是對方棋高一著，她未曾料到自己在停車場中的行動，也全落入了對方的眼中！
她心中急速地在轉著念，她仍然道：「我還是不明白你在講什麼，我們是跟蹤高翔前來的。」

「為什麼要跟蹤高翔呢？」

「我們發覺高翔近來的行動有些古怪！」

木蘭花的回答十分簡單，也很合情理，她表示她根本不知道有人冒充了高翔一事。

這時候，穆秀珍已經醒來一會兒了。她聽到這裡，眨了眨眼睛，也明白木蘭花這樣說的用意何在了，癆病鬼和首領互望了一眼，兩人似乎感到滿意了。

他們轉過身，向門外走去，木蘭花忙喊著他們道：「慢走，你們準備將我們怎樣？」

癆病鬼「格格」地笑了起來，道：「你以為我們會邀你入伙麼？你想錯了，你將被處死！」

木蘭花冷冷地道：「那你不如趁早下手的好，若是你再拖下去，那麼，我們就可以有機會逃出去了，到時，你們就後悔莫及了！」

「哈哈！」兩人一齊笑了起來。

「歡迎你逃出去，小姐，我們不會急急殺死你的，我們已請世界各地的同道前來參觀了，將你們兩人處死，是一項極盛大的儀式，我們要每一個來賓，都向你們身上射上一槍，證明木蘭花姐妹千真萬確是死在赤魔團的總部之中的！」

「赤魔團！」木蘭花的心中暗忖，「原來是赤魔團！」

她冷笑著，道：「原來你們這樣抬舉我，希望這些人不要在路上耽擱太久的時間，你知道，被綁在這裡，滋味不十分好。」

「哈哈，你耐心等著吧，四十八小時之後，我看，你就可以嘗到第一顆子彈了！」癆病鬼一直怪笑著，和首領一齊向外走去。

「砰」地一聲，門又自動關上了。

9 鳥盡弓藏

門一關上，穆秀珍立即叫道：「蘭花姐！」

木蘭花用力掙扎著，可是她的身子卻一動也不能動，她嘆了一口氣，道：「秀珍，你可能動麼？你試試掙扎一下。」

「我一醒過來就在掙扎了！」穆秀珍說。

「唉！」木蘭花也不禁嘆了一口氣。

跟蹤高翔，竟會發生這樣的結果，那是她所想不到的，那麼，她該怎麼辦呢？她們兩人來到了這裡，這件事沒有第三個人知道！

那也就是說，她們不能依靠別人來救她們！

不能依靠別人來救，當然只有自己設法了。但是，她們又有什麼辦法掙得開去呢？

木蘭花額上不禁滲出了點點汗珠來，她真正感到絕望了，而這種感覺，是她在和形形色色的歹徒作鬥爭中極少發生的！

木蘭花覺得，自己獲救的可能，只有一個了！那個可能便是赤魔團方面始終不知江濤已經落網，仍然將高翔當作江濤，那麼，她和穆秀珍可能還有一線希望。

但是，高翔是不是知道她們的處境呢？

高翔在木蘭花的住所前按著鈴，沒人來應門。

高翔不再等候，他翻過了鐵門，向內走了進去，當他來找木蘭花，而木蘭花不在的時候，他是習慣自己先進去等候木蘭花的。

高翔進了屋子之後，先來到了那間儲藏室的門口，打開了門，看了一看，江濤仍然昏迷不醒地躺著，高翔微笑了起來，表示欣賞木蘭花設計之妙。

他回到客廳等候木蘭花回來，一方面和方局長通了一個電話，向方局長詢問木蘭花的行蹤，可是方局長也不知道木蘭花在什麼地方，當然沒有結果。

高翔等了半小時左右，仍然等不到木蘭花，高翔心中不禁有些急躁起來，顯然，木蘭花姐妹不會亂行動的，可是，將江濤丟在家中不管，卻去得蹤影全無，這種事，似乎也不合常規，更不是木蘭花行事的作風，高翔已覺出有點不妙了。

但是，木蘭花和穆秀珍兩人究竟遭遇到了一些什麼事，他還是無從忖測起，他只能焦急地在客廳中來回地踱著步。

驀地，他聽到了鐵門之外，有人聲傳了過來，他連忙抬頭看去，看到鐵門外站著四個人，其中一個正試圖攀上鐵門！

可是，那鐵門上卻是有幾根鐵枝是通上低壓電流的，若是不知就裡，伸手抓了上去，不致於電死，但是卻會被電流震得彈了開去。

這時，那人正是從鐵門之上被電流彈跌了下來，是以才發出了「哇然」怪叫之聲的。

高翔一看到這等情形，不禁陡地一呆，同時，他心中不禁大怒起來，這算是什麼？在光天化日之下，公然地入侵人家的住所，不法之徒的行動未免太猖狂了！

高翔拉開了門，向外走去。

當他走向鐵門的時候，在鐵門外的四個人並沒有逃走，反倒在向他指點，高翔還聽得其中一個道：「咦，裡面有人！」

另一個道：「別是木蘭花的姘頭罷！」

還有一個則怪笑了起來，道：「當然不是，你們還看不清楚麼，向前走來的，是我們的高主任！」

他在「我們的」這三個字上，特別加重了語音！

高翔實在忍無可忍了，在剎那間，他恨不得衝向前去，將這四人一頓狠打，可是，當他看清了那四人中的兩個人時，他也不禁呆了一呆。

那是赤魔團中的人！其中兩個，高翔曾在赤魔團的總部之中見過，他認人的本領十分高強，見過一面的人，他第二次再見到，是絕不會認不出來的。

當他認出了那四個人是赤魔團的人之後，他心中隨之而生的疑問，也一個接一個地生了出來，赤魔團的首領命令他立即來殺害木蘭花姐妹，為什麼他又派出了四個人前來呢？

若說這四個人是來幫助自己的，那麼他們的行動何以如此公開和猖狂，這不是自討苦吃麼？難道他們竟不怕木蘭花麼？

高翔來到了鐵門前，本來，他猝然之間遇到了這樣的變故，頗有些不知如何應付才好的感覺，但是其中一人說他是「我們的」高主任，這一點，卻給了他很大的啟示，因為這四個人顯然是當他是江濤，而不知道他是真的高翔的。

所以，高翔一臉不高興的神色，伸手向四人一指，道：「你們來這裡幹什麼，我要向首領報告，你們的行動會破壞我的計劃！」

「你的什麼計劃？」一個人嘻皮笑臉地問。

「混蛋，」高翔勃然大怒，「你是對誰在說話？這樣無禮？我身負重責，我的計劃，你們這幾個人之中，有誰配聽？」

一個矮胖漢子的面色也是一沉，道：「我在赤魔團中是第三號，難道我也不配聽嗎？」

高翔斜睨著他，冷冷地道：「當我解決了木蘭花姐妹之後，我就是第三號，你只好委屈一下，在我的手下聽我的命令了！」

那矮胖子發出了一陣極其難聽的聲音，他一面笑，一面揚著手，他的手上戴著一顆大得出奇的鑽石戒指，熠熠生光。

高翔一看到那顆鑽石戒指，心中一動，立時便知道那矮胖子是知名的走私犯，曾經是中南美洲一帶走私組織的首腦：鑽石美保了。

美保是他的名字，「鑽石」是他的花名。他之所以獲得這樣的一個外號，是因為他特別喜歡鑽石的緣故，在他身上的一切飾物，幾乎全是鑽石的，他那顆大的鑽石戒指，更是從不離手。

那顆大鑽石足在十五克拉以上，由於琢磨的巧妙，人家看不出這粒鑽石之上，是被琢出兩個尖銳的突出點的，那兩個尖銳的突出點，被鑽石的折光遮去，但是如果不知道這一點，而和美保動手的話，那麼可保吃大虧了！

因為這枚鑽石戒指，可以將人的肌肉一條一條撕下來的！

這樣的一個人，在赤魔團中占第三把交椅，自然不是出奇的事情。

高翔冷笑一聲道：「鑽石美保，你笑什麼？」

「我笑你的計劃本來不錯，可是，」美保頓了一頓。又奸笑了下，「可是美中不足的是，木蘭花姐妹根本已經解決了！」

美保這句話一傳入高翔的耳中，簡直就像是晴天響起了一個霹靂一樣，剎那之間，高翔只覺得幾乎站也站不穩了！

他為什麼這樣說？木蘭花姐妹已經被解決了，這是什麼意思？

他失聲叫道：「你在說什麼？她們……已經被解決了？」

「是的，所以，首領和副首領說，你也沒有多大的用處了，你知道了麼——」美保講到這裡，一直藏在身後的右手突然揮了起來。

高翔和鐵門外的四個人雖然隔著一道鐵門，但鐵門是通花的，是無法防避子彈的，高翔這時只覺得耳際嗡嗡直響，幾乎避不開美保突如其來的襲擊！

但由於美保的動作太明顯了，高翔一見他忽然揚手，心中陡地一怔，由於本能，他的身子突然向側倒去，猛地滾了一滾。

他在向外滾去之際，聽得「撲」，「撲」，「撲」三下響，那三下聲響，絕不會比拔開三個緊塞住的軟木塞更大聲些。

可是，呼嘯而出的子彈卻並不因為槍聲細小而減低了它們的能力，三枚子彈，一次在高翔的身上掠過，另外兩發，則是射向地上的，最接近高翔的一發，射在地上，濺起的石片，彈到了高翔的臉上，使高翔的左頰上出現了一個傷口！

但是高翔的行動也夠敏捷的了。

三下槍響之後，高翔已滾到了一座三角形的花壇之後。那花壇的花崗石基石有三尺來高，足可供一個人伏在地上，避開射擊的了。

高翔一到了花壇之後，伏了下來，喘了一口氣，立時也舉了手槍在手，可是這時候，他的心中當真是亂到了極點！

問題已經極之明顯了，赤魔團要除去木蘭花姐妹，就一定得賣江濤的帳，是絕不會得罪江濤的，但如今，赤魔團卻派人出來殺害江濤，這當然是飛鳥盡，良弓藏，是他們已經解決了木蘭花姐妹，美保並不是在說謊，而是講的真話！

在那一剎間，高翔雖然握槍在手，但是他實在不知道怎樣對付才好，他只聽得美保叫道：「兄弟，別讓這傢伙走了！」

高翔的心又向下一沉，不法之徒見了木蘭花姐妹，都是避之唯恐不及，絕不敢這樣明目張膽地來與木蘭花為敵的。可是，如今他們竟這樣公然前來，肆無忌憚，那豈不是又證明，他們的確是已經解決了木蘭花姐妹，是以才如此的麼？

高翔緊緊地咬著牙，他又聽得幾下槍響，顯然是美保已經擊開了鐵門，高翔的身子迅速地向後避開了五六呎左右。

他身子退出了五六呎，使他退進了一叢灌木之中，這一來是十分不智的，因為他若是緊貼在花壇的基石之後，可以避開前面襲來的子彈，而灌木是擋不了子彈的，但是他躲進了灌木叢中，卻使敵人也不易料到，可以有出奇制勝的效果。

這時候，高翔的心中實在是亂到了極點，因為他已然肯定，木蘭花姐妹已經遭到不幸了，他必須先將眼前的四個敵人消滅，然後再作打算。

為了消滅眼前的四個敵人，他自然暫時顧不得自身的危險了。

他在灌木叢中伏著身子，只看到左邊，貼著圍牆，突然有人影閃了一閃，向前逼近來。高翔毫不考慮，立時扳動了槍機，一聲槍響，那人打了一個滾，倒在地上，已經不動了。

而在高翔槍響的同時，在高翔的右側也有槍聲傳了過來，高翔前面，一株指頭粗細的冬青樹應聲而斷！那株冬青樹離高翔的鼻尖只不過兩吋！

高翔甚至不轉過身來，他只是一反手，循著右側發出槍聲的所在連發了兩槍，他聽到在自己的槍聲之下，傳來了重物的墜地聲！

解決兩個了，還有兩個。

那兩個人顯然聰明得多了，他們全伏在花壇的對面，使高翔無法射擊他們，美保則叫道：「兄弟，你是逃不了的，如果你不想我們破壞這個花園，那麼，你就出來，領一粒子彈，要不然，我可得向你拋出烈性的小型炸彈了！」

高翔的心中凜了一凜，美保是窮凶極惡的傢伙，他當然不會因為怕損害花園而不拋炸彈的，他是怕炸彈的聲音太響，爆炸之後，他不易走脫。

高翔竭力鎮定心神，道：「是麼？」

他一面說，一面自袋中掏出了一個小方盒來，按動了一個掣，那是一具小型的答錄機，在他一按掣之後，放出來的，是高翔的聲音，起先，是一陣口哨聲，接著又道：「你過來吧，你為什麼不過來？」這兩句話，被一直重複著。

而高翔則已經在第一句「你過來啊」從答錄機中放出來時，已然伏著身子爬出了灌木叢，向前爬了過去，到了花壇之旁。

他到了花壇之旁後，並沒有停止爬行，而是繼續向前爬了過去。

花壇是六邊形的，每一邊大約有六尺，他料定美保是在他的對面，也就是說，他爬過兩邊，就可以來到美保的側面了，而美保不知道他會突然出現，因為他的聲音在十來尺之外傳過來。

高翔伏在地上，向前小心地爬著，他的額上滲出了點點的汗珠，他終於來到美保的側邊了，也就在這時，他看到一個人突然站起身來。

高翔也立時放槍，那人應聲中槍，他手中所握的一個乒乓球大小的東西也未能抛出去，而是落在他的身邊，這令得美保怪叫了一聲，向外直竄了出去。

高翔在剎那間也明白這是怎麼一回事了，那是烈性炸彈，那人想抛出炸彈，但是他未曾抛出，便已經中了槍。

炸彈立時要爆炸，美保怎麼不嚇得亡命而逃？

高翔在那一瞬間，也彈起了身子，向前直撲了過去！

就在他撲到美保的身後之際，「轟」地一聲巨響，那炸彈爆炸了，爆炸所產生的氣浪，使得高翔的身子重重地撞在美保的身上。

可是這一撞，高翔並沒有占得什麼便宜。他只覺得一陣昏眩，和美保一齊倒在地上，接著便是無數的泥塊，石片，樹枝，像雨一樣地，向他們兩人壓了下來。

高翔只覺得昏眩之感似乎越來越甚，美保就在他的身邊，但是他卻無能為力，他心中在大聲疾呼：快起來，快起來對付敵人。

可是在天旋地轉之中，他的身子卻一點力道也使不出來，他知道自己並未曾受傷，只是被爆炸的氣體震得昏眩而已。

在那樣的情形之下，誰先開始行動，誰就占了便宜，木蘭花已經遭了不幸，絕不能再讓美保占了上風去，絕不能！

一想到木蘭花已遭了不幸，高翔只覺得熱血沸騰，身子陡地一震，一弓腰，便坐了起來，當他坐起來之際，他身旁的美保，也發出了一下呻吟聲。

高翔幾乎是毫不考慮，順手拿起了一塊石頭，便向美保的面上砸了下去，那一砸，鮮血迸濺，美保也怪叫著跳了起來。

美保一跳了起來，射了兩槍，可是他面上的鮮血將他的視線完全遮去，他根本不知高翔在什麼地方，那兩槍當然未曾射中。

高翔則已低著頭，一直衝了過去，一拳狠狠地陷進了美保的肚子之中，這一拳的力道是如此之大，令得美保完全失去了鬥志！

他只是彎著身子，在地上不斷地打滾！

高翔來到他的身邊，一腳踏住了他的頸際，美保忽然呻吟起來，道：「你不是江濤，你！有這樣好的身手，你不是江濤。」

高翔一聲冷笑，道：「難得你明白了這一點，快說，木蘭花和穆秀珍現在怎樣了，你說了，我保證你可以活命！」

美保喘息著，高翔的腳在他的頸際用力搓了搓，美保啞著聲音叫了起來，道：「她們在總部被擒了，還沒有死，在總部。」

「總部在什麼地方？」

這時，警車聲已自遠而近地傳了過來，高翔又喝問道：「總部在什麼地方？說！」

「在XX公司停車場。」美保終於說了出來。

高翔後退了一步，警車已到了木蘭花住所的門前，高翔向跳下車來的警官揮了揮手，他自己則奔到了警車的無線電話之旁。

負責通訊的警官一見到向前奔來的是高翔，連忙立正敬禮，高翔也顧不得還禮，他拿起電話，叫通了方局長的辦公室。

「方局長，」一聽到方局長的聲音，高翔連忙急急地道：「赤魔團總部是在XX公司停車場中，快派大批警員前去包圍，封鎖那地區，木蘭花和穆秀珍已落入他們的手中，是以我們的行動要小心，我將會在最短時間內趕到的。」

「好，」方局長的聲音十分沉著，「我親自領人來！」

在高翔和方局長通了這個電話之後，全市的警員力量，幾乎有百分之六十被調到赤魔團總部所在的這一個區域來了。

警車的響號不絕於耳，每一個市民都可以知道，警車這樣大規模地出動，一定是有著非同小可的大事發生了。

而收音機中，也已播出了請這一區的居民合作，別上街，保持鎮定的呼籲，那一區本來是十分繁華的，在市民合作之下，也突然靜了下來。

警員在各個街道口佈下了鐵馬，鐵馬一層一層地向內推進，最後的目的地，就是那個停車場，這時，停車場的鐵閘仍然關著。

而在地下，赤魔團的總部會議室之中，赤魔團的首領，副首領，以及幾個頭子正坐著，一聲不出，他們都望著牆上的幾幅電視螢光幕。

在那幾幅電視螢光幕中，可以看到停車場中的情形，也可以看到附近街道的情形，他們所看到的，除了警員，就是警車！

他們當然知道，他們已完全被包圍了！

所以，他們幾個人的面色都十分陰沉，沒有一個人開口說話，過了半晌，才聽得癆病鬼咳了兩下，道：「我們不怕，我們手中還有一張王牌在！」

首領的面色更是難看，他道：「警方是怎麼知道我們總部的所在地的？這是一項極度的秘密，為何會洩露出去的？」

「現在別追究——」癆病鬼才講到這裡，忽然停了下來，伸手向一具電視指了一指，道：「看，他是……他是高翔！」

高翔正從一輛警車上跳了下來。

「你怎知道他不是江濤？」首領問。

「當然不是，我們上當了，我們早該知道高翔一逃了出去之後，江濤的假面具會立時被剝下來的！」癆病鬼咬牙切齒地說著。

「和高翔通話！」首領沉聲發令。

癆病鬼按下了一個掣，他們的聲音便可以在暗藏著電視攝像管之旁傳出來了，首領的聲音聽來很啞，他道：「高翔！」

高翔陡地抬起了頭，表示他已聽到了聲音。

「高翔，你聽著，我是赤魔團的首領，木蘭花和穆秀珍兩人在我的手中，在你們未曾攻進來之前，我是有足夠時間將她們處死的！」

高翔沉著臉，並不出聲。

「所以，我勒令你們立時撤退！」首領雖然在「勒令」警方，可是他的聲音卻在發著顫，因為，在這樣的重重包圍之下，他的生路已斷絕了。

「你們必須撤退，」首領繼續叫著，「我給你們半小時的時間，否則你們攻了進來，將首先發現她們兩人的屍體。」

在外面的高翔，這時實在是為難到了極點，他大叫道：「你們先將人放出來。」

「你以為我會那麼蠢麼？」

「那麼，我們要商量一下！」高翔無可奈何。

「可以，我給你們二十分鐘。」

高翔急步奔到了方局長的總指揮車之旁，兩人和其他幾個高級警官立時商量了起來，現場的警員首先撤退到轉角處。

那時，在停車場附近的氣氛，實在緊張到了極點。

這種緊張的氣氛，照理來說，被綁在鐵柱上，困在密室之中的木蘭花和穆秀珍兩人，是無法感覺得到的。但是，她們卻也有一點覺察了。

首先，引起她們兩人注意的，是門外所傳來的一陣又一陣的腳步聲，這些雜亂的腳步聲，顯示門外正有不少人在奔來奔去。

這是一個組織十分嚴密的匪黨總部，如果不是有什麼特殊的事情發生的話，是不應該有這種雜亂的腳步聲的。

穆秀珍低聲叫道：「蘭花姐，你聽到了沒有？」

木蘭花自然聽到了，但是她卻並不回答穆秀珍的話，她只是轉過頭去，目光停留在穆秀珍左手所戴的一枚戒指之上。

她知道，這枚戒指如果按動戒指旁的掣鈕的話，是有一柄相當小，十分鋒利的小刀彈出來的，這時候，穆秀珍和她一樣，全身都不能動，但手指卻還是可以動的。

她是不是能設法移動手指，將戒指上的小刀去切割手腕上的皮帶呢？那個刀又是不是足夠鋒利去將皮帶割斷呢？

不論怎樣，這總是十分值得一試的事情。

她向穆秀珍呶呶嘴道：「秀珍，你的戒指！」

木蘭花這句話，陡地提醒了穆秀珍！

穆秀珍的手指用力屈了一屈，只聽得一下十分輕微地「啪」地一聲，自戒指中彈了一柄只有半吋長，兩分寬，但是極鋒利的小刀來。

穆秀珍拚命地縮著手，將小刀和她腕際的皮帶的距離拉近，這是十分困難的一件事，她的手腕由於過度的掙扎，已被磨破了。

木蘭花低聲地鼓勵著她，道：「別緊張，慢慢來！」

穆秀珍繼續縮著手腕，終於，小刀已碰到綁在手腕上的皮帶了。

刀鋒一推在皮帶上，皮帶便立時被割裂了開來，穆秀珍忍不住高叫了起來，道：「蘭花姐，成功了！」

「噤聲！」木蘭花連忙喝阻。

穆秀珍的手腕再是一掙，陡地掙脫了手腕上的束縛，她的小手臂已經可以自由活動了，那樣，再要利用小刀去割綁在身上的皮帶，已經容易得多了！

鋒利的小刀在皮帶上不斷地割著，終於，她上半身已可以坐起來了，可是，也就在這時，「卡」地一聲，門被打了開來。

兩名大漢聲勢洶洶地衝了進來，穆秀珍想再躺下去裝死，卻已來不及了，一名大漢奔到了她的面前，穆秀珍的身子突然向後一躺，等對方又逼近了一些時，她突然彎起身來，她的頭，重重地撞在那漢子的下顎之上，令得那漢子怪叫了一聲，向後跌了出去。

穆秀珍又趁機連劃了兩下，將綁在她腿上的皮帶割斷了兩條，她一躍而起，在另一個人還來不及奪門而逃之際，她已飛身而上，戒指中的小刀疾刺進了那人頸旁的大動脈之中，鮮血自那傢伙的頸旁直噴了出來，簡直就像一股泉水一樣！

穆秀珍抬起一腳，將那人踢倒，她奔到木蘭花的旁邊，將木蘭花身上的皮帶也一一割斷，木蘭花也跳了起來，奔出了密室！

在會議室中，「首領」看看壁上的電鐘，冷冷地道：「高翔，只有五分鐘了，你還不進行撤退，看來，你是想我們下手了？」

高翔揚了揚手，有幾輛警車開始向後退去。

首領「嘿嘿」地笑了起來，但是也就在這時，忽然聽得門外面傳來了「砰」，

「砰」兩下響，會議室中的人盡皆呆了一呆。

癆病鬼大聲道：「什麼人？」

會議室的門應聲而開，有人應道：「我！」

在那剎那之間，幾乎在會議室中的所有人全都站了起來，但是當他們站了起來之後，他們也全都毫無例外地僵立著不能動彈。

站在門口的是木蘭花和穆秀珍！

原來在門口守衛的兩名大漢已倒在地上，而這兩名大漢手中的手提機槍，這時也到了木蘭花和穆秀珍兩人的手中！

在這樣的情形下，誰還敢亂動？

木蘭花提著槍，跨前一步，大聲道：「高翔，我們已經沒有事了，你只管進攻好了，聽到了沒有，我和秀珍都沒有事了！」

木蘭花雖然不是對著無線電傳話器在說話的，可是她卻叫得十分大聲，只看到高翔陡地抬起頭來，現出了十分興奮的神色來。

同時，密集的槍聲也已傳了過來，剛才暫時撤退的警車和警員也一齊湧了上來，他們每一個人都向前衝了過來。

「首領」和「副首領」以及其他幾個人，面如死灰，他們仍然呆立著不動，首領面上的肥肉在不住地發抖，他喃喃地道：「我們完了。」

木蘭花冷冷地回答他，道：「當你們希望自己的組織成為世界上最大的犯罪組織之際，你們便應該料到會有這樣的結果了，快下令你的手下，別再作無謂的反抗了，你們是絕無希望的！」

「首領」點了點頭，用低沉的聲音下了停止抵抗的命令，穆秀珍站在門口，她們很快就看到了湧進來的大批警員了。

穆秀珍在醫院中包紮好了手腕上的傷，走了出來，高翔和木蘭花在門口等著她，高翔攤了攤手，道：「秀珍，有一件事，只怕可以使你著實忙了一陣子的了。」

穆秀珍喜歡得直跳了起來，道：「什麼事，什麼事？」

木蘭花只是微笑著不出聲，穆秀珍又問道：「高翔，快說，什麼事？」

「你們的花園，」高翔慢條斯理地說：「被炸壞了，炸得非常徹底，你如果要好好整理的話，只怕要花很多時間了。」

穆秀珍「呸」地一聲，道：「我還當又有什麼刺激的事情了，這件事，是因你而起的，我罰你替我們來整理花園。」

「這不公平！」高翔叫了起來。

「還不依麼？我看，你求之不得，這樣子，你可以有機會和蘭花姐天天在一起了！」穆秀珍扁著嘴，一副不服氣的神態。

高翔和木蘭花兩人，全都笑了起來。

穆秀珍也笑了。

他們笑得十分歡暢，正由於他們時刻受到死的威脅，所以，他們也特別能領會生的歡暢！

請續看《木蘭花傳奇》10 神妻

倪匡奇情作品集

木蘭花傳奇9 替身（含：幻毒、替身）

作　者：倪匡
發行人：陳曉林
出版所：風雲時代出版股份有限公司
地址：10576台北市民生東路五段178號7樓之3
電話：(02) 2756-0949
傳真：(02) 2765-3799
執行主編：朱墨菲
美術設計：許惠芳
業務總監：張瑋鳳
出版日期：2023年10月
版權授權：倪匡
ISBN ：978-626-7303-85-6
風雲書網：http://www.eastbooks.com.tw
官方部落格：http://eastbooks.pixnet.net/blog
Facebook：http://www.facebook.com/h7560949
E-mail：h7560949@ms15.hinet.net
劃撥帳號：12043291
戶名：風雲時代出版股份有限公司

風雲發行所：33373桃園市龜山區公西村2鄰復興街304巷96號
電話：(03) 318-1378　　傳真：(03) 318-1378
法律顧問：永然法律事務所 李永然律師
　　　　　北辰著作權事務所 蕭雄淋律師

行政院新聞局局版台業字第3595號 營利事業統一編號22759935

定價：299元　　**版權所有　翻印必究**

國家圖書館出版品預行編目資料

替身／倪匡 著. -- 臺北市：風雲時代出版股份有限公司, 2023.07,　面；　公分.（木蘭花傳奇；9）

ISBN : 978-626-7303-85-6（平裝）

857.7　　　　112010227